#ある朝殺人犯になっていた

藤井清美

#MadeOutToBe
AMurderer
OneMorning
#KiyomiFujii

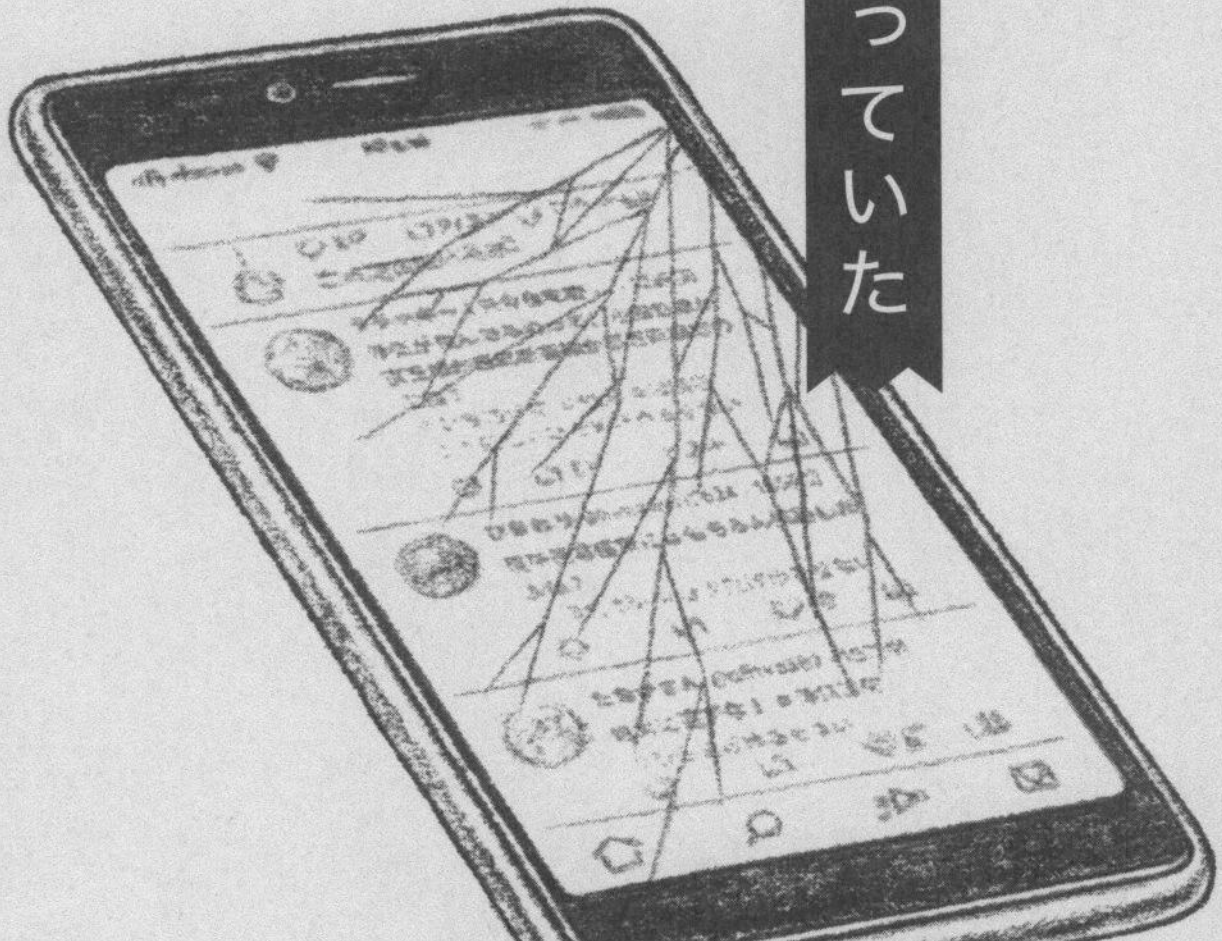

U-NEXT

＃ある朝殺人犯になっていた

ことのはじまり

こうたには　ひみつがある。だいすきなみすずちゃんに「けっこんしてあげるね」といわれたのだ。

「ママにもパパにも　ひみつね。みすず、らいしゅう　6さいになるから、そうなったら　けっこんしてあげる」

こうたのママは　いつも、「ママにひみつはダメよ」という。だからこうたは、ママにはひみつを　つくらないできた。

でも、こんかいは　けっこんがかかっている。ママは、「けっこんていうのは、だいじなだいじな　やくそくなんだよ」といっていたから、けっこんのためなら　ママにひみつをつくっても　ゆるされるんじゃないかな、と　こうたはかんがえた。

そしてこうたは、うまれてはじめて　ママにひみつをもった。

きのうは、みすずちゃんの　たんじょうびだった。みすずちゃんとのやくそくだと、きのうのうちに　こうたとみすずちゃんは　けっこんしなくてはいけない。なのに、みすずちゃんはこうたのいえに　きてくれなかった。ずっと　まっていたのに。

きのういちにち　こうたは、なんども　みすずちゃんをさがすために　くつをはいた。にわにでても、みすずちゃんのいえはみえない。もんをすこーしだけでると、まがったみちのむこうに　みすずちゃんのいえがみえる。だから、こうたは　なんどかもんをでようとしたけれど、そのたびにママが「ひとりでもんをでちゃだめって　いってるでしょ！」とキッチンからどなった。

「このまえのみちはね、ぐーんとまがってるでしょ？　こういうみちをね、カーブっていうの。このカーブはね、まのカーブっていうんだよ。こわーいまものが　すんでるの」

カーブのまものって、ようかいずかんにのってたっけ？　おもいだせない。

「カーブのまものはね、こどもがおとなといっしょにいないときに　おそってくるんだよ。まものはね、みちのまんなかにいるの。だから、みちのはしをあるかないと　ダメなんだよ」

ママのこえがひくくなって、こうたはブルッとなった。こうたは　いえでみすずちゃんをまつことにした。

ゆうがたになっても　みすずちゃんはこなかった。こうたは、みすずちゃんとは　もうりこんしたほうがいいのかなーって　しんけんにかんがえた。

つぎのひ、みすずちゃんのママから、こうたのママにでんわがきた。「おひるごはんたべたら、こうたくんつれてきてよ。きのうのおたんじょうびのケーキの　のこりもあるし」

こうたのママは、「たすかるわー。きょうちょっとだるいのよね。あずかってもらっているあいだに　おひるねさせてもらう」とこたえた。

こうたはおもった。そうか。みすずちゃんは　6さいになったらけっこんしてあげるね　っていったんだ。それは、6さいのたんじょうびにっていみじゃなくて、6さいになったあとでっていみだったんだ。

だから、けっこんはきょうなんだ。

あー、きのう　りこんしなくてよかった。

こうたは、おひるごはんをたべるのが　まちきれなかった。

ちょっと　てんきがわるくなってきて、ママは、にわにだしたせんたくものをしまって、へやのなかに　ほしなおしている。

「ねぇママ。はやくおひるごはん　つくってよ」

　こうたがいうと、ママは「ちょっとまっててよ。まだおなかすいてないでしょう?」といった。こうたにはわかる。きょうのママは、おこらせるとまずい。しばらく　はなれていよう。

　こうたは、しずかに　えほんをみてすごした。さすがにもういいんじゃないかなーとおもって　ママをみにいくと、ママはソファでねむっていた。おこすときっと、きげんがわるくなる。

　こうたは、みすずちゃんのママには「もう　おひるごはんは　たべてきました」ということにして、ひとりでくつをはいて　にわにでた。

だって、けっこんなんだもん。みすずちゃんがまっているんだもん。いかなくちゃ。

こうたはもんをでるまえに、カーブのまものがいないかどうか、ちゃんと　かくにんした。いなかった。

こうたはもんをでて、みすずちゃんのいえにむかって　はしった。もちろん、みちのはしっこだ。

　はしっていくと、みすずちゃんが　もんのところで　あそんでいるのがみえた。みすずちゃんも、はやくぼくにあいたいと　おもってる!　こうたにはわかった。

「みすずちゃーん」

こうたがよぶと、かたまでのかみのけを　２つにわけてむすんだみすずちゃんが、ふりかえった。ぷっくりしたほっぺたは、きょうもぴんくいろだ。

「こうたくーん」

みすずちゃんが、こうたにむかって　はしりだす。

こうたは、「あぶないよ」という。「カーブのまものにつかまらないで！」

みすずちゃんは、「まもの」ということばでびくっとして、たちどまった。しまった。みすずちゃんは、おばけとか　ようかいとか　まものとかが　だいきらいなんだ。

「まもの……どこ？」

みすずちゃんが、みちのまんなかにたちどまって　きょろきょろする。

こうたは、「ここまできたら　だいじょうぶ」といって、あんしんさせようとした。でも、みすずちゃんのくちは、なきだすまえの「イ」のかたちになっていく。

「みすずちゃん、だいじょうぶだから、こっち、おいで」

こうたは　てをさしだした。あしはちゃんと、みちのはしっこだ。でも、みすずちゃんはみちのまんなかにいる。

「みすずちゃん、こっち！」

こうたは　おもいっきり　てをのばした。でも、とどかない。
おとなのひとが　なにかいうこえが　きこえた。
「くるまがくる。あぶないよ！」
こうたは　くるまはこわくない。こわいのは　カーブのまものだ。なきだしたみすずちゃんが　あしを　ばたばたやっている。
「こっち！」
うしろからきたくるまが　びゅんとかぜをおこす。
こうたが　てをのばしたさきで、くるまが　ばーんと　みすずちゃんにつっこんでいく。
みすずちゃんのからだは、ぐんにゃりまがりながら、そらをとんだ。

1

「ご来場の素敵な女性の皆様。この世で一番ムカツク言葉は何ですか？　当てましょう。それは『浮気《うわき》』。ね、そうでしょ？　その浮気と書いて『うき』と読みます。浮気淳弥《うきじゅんや》です」

専門学校時代の合コンでは、この自己紹介だけで結構盛り上がったし、その後も、「ねえねえ、ほんとに『浮気』って書いて『うき』って読むの？」と聞かれ、免許証を見せていれば時間は潰せた。――そう、『潰せた』。当時は、「俺、自己紹介して免許証見せるだけで、女子は全員爆笑で大騒ぎ。話題の中心になって、男どもに嫌われちゃうんだよねー」と思っていたけど……。

いまは、この自己紹介のあと起きるのは、鼻を鳴らすような小さな笑いだ。それでも、その笑いを律儀に待ってから相方は自己紹介をする。

「佐藤昌紀《まさき》です」

このあと、「二人合わせてスレンダーズです」と声を合わせて漫才が始まるわけだが、この、コンビを組んで三年間少しでも浸透させようと頑張ってきた自己紹介について、最近、同期から先輩までさんざんなことを言ってくれる。

「まずな、『佐藤昌紀です』のあとに、淳弥がちょっとコケるような動きを入れて、『お前はそんだけかい!』って言うくらいせんと」

と言ったのは、同期のコンビ、三野《みの》・狩野《かの》の三野だ。三野は関西出身で笑いにどん欲だから、こんな提案をする。だが、俺はコケるのは勘弁だ。俺が目指しているのはもっと都会的な笑いだからだ。

「淳弥、お前ツッコミやろ。細かいとこもツッコんでいかんと」

三野・狩野と俺たちは目指している方向が違う。でも、それを口に出すと面倒なことになるのでやめた。

半年前までつき合っていた佐緒里は『この世で一番ムカツク言葉は何ですか? 当てましょう。それは浮気』の部分を変えた方がいいんじゃない?」と言っていた。

「学生の頃はさ、『浮気』って言葉も冗談になったと思うんだよね。でもさ、淳弥ももう二十八じゃない? 『浮気』って言われるとなんか生々しくて、聞いてる女のお客さんたちがいやーな気分になっちゃうんじゃないかな? それって損だよね。この部分だけ変えたらいいんじゃん?」

佐緒里は養成所時代、抜群に面白いヤツだった。特に、ピン芸人をやるようになって面白さに磨きがかかった。でも、売れるまで頑張り切れなくて実家に戻った。自己紹介を変えろと言い出したのは、実家に戻る直前だった。辞めるつもりのヤツが何言ってんだよ、としか思えなかった。

マネージャーのみずきさんは、「淳弥の方はこのままでいいから、昌紀も自己紹介の前に何か言葉を入れてみたら?」と数ヶ月に一度の割合で言う。みずきさんが何を昌紀に言わせたがっているのかはわかる。昌紀にだってよくわかっている。でも、昌紀の答えはいつも同じだ。

「俺、名字もよくある佐藤ですし、特徴になることってないんで」

みずきさんは、昌紀がそう答える度に何か言いたそうな顔をするが、結局言わない。みずきさんはいつも俺たちの意思を尊重してくれる。俺たちの良き姉貴って感じだ。

「ご来場の素敵な女性の皆様。この世で一番ムカツク言葉は何ですか? 当てましょう。それは『浮気』。ね、そうでしょ? その浮気と書いて『うき』と読みます。浮気淳弥です」

「佐藤昌紀です」

「二人合わせてスレンダーズです」

今日のネタは、男子高校生が告白しようとする話。片方はアニメ部のオタク、片方はサッカー部のスポーツ少年という対照的な二人が、「最近、理想の女性に出会ったんだよ」と言う。「どんな人なんだ?」と聞くと、それぞれが全然違う理想の女性を語る。「そんな人がいいのか?」と相手の趣味に引きながらも、恋に燃える情熱では共感し合い、互いの告白に協力しようということになる。だが、実は相手は同じ女性だった、というオチだ。

ネタは俺と昌紀で作る。最初に二人でアイディアを出してああでもない、こうでもないと言い合ったあと、俺が一人で家にこもってたたき台を作り、また二人で集まって練り上げていくのだ。このネタには俺の高校時代の実体験が入っている。自信作だ。

「自分が安全な場所にいて笑いをとろうなんて甘いぞ。自分の恥を晒《さら》し、かっこ悪いところ、無様なところと向き合って初めて、人を笑わせられるんだ」と、大先輩の濱中聡《はまなかさとし》さんが言っていた。俺がまだ生まれる前のバブルの頃、一回の漫才のギャラを入れた封筒が立ったという、伝説の漫才師だ。いまは、コンビは解散してしまったけれど、仕切りと喋りの巧さで司会者として幾つものテレビ番組で活躍している。全ての先輩を尊敬できるわけではなかったが、濱中さんは特別だった。ただ売れてるだけじゃない。俺が自信を無くしていると、どういうわけか「最近何してる?　飲みに行くか?」と声をかけてくれるのが濱中さんだ。濱中さんには俺の不調を察知するセンサーが付いているのかもしれないと、本気で思ったこともある。だから、濱中さんの教えには、ぐだぐだ言わずに従うことにしている。

俺と昌紀はいつも通り、出番の二時間前に劇場に入った。俺たちが所属している事務所所有の小さな劇場の楽屋は大部屋で、大先輩から今年初舞台を踏んだばかりの新人までが詰め込まれる。部屋には、会議用の長机が十個置かれていて、その周りにはパイプ椅子。他には貴重品を入れるロッカーと、洋服を掛けるシュテンダーが置いてある。

「今日の出演者はこんな感じ」

俺は、スマホで撮影した今日の出演者リストを昌紀に見せる。それを見ながら二人で、「三番目？　いや、四番目か」と数えた。一番下の新人から数えて俺たちが何番目かを確認したのだ。

楽屋は、新人がドアに近い場所を使い、ベテランほど奥を使う。今日は下から四番目。だから、ドアから入ってちょっとだけ奥に進んだあたりが俺たちの居場所かな、と当たりをつけて荷物を置いた。

まだ誰も来ていない楽屋は、空気がこもって埃っぽい。消臭剤の安っぽい柑橘系の香りの向こうに、汗なのか涙なのかの生臭い人間の匂いがする。

芸人の世界は、入ってからの年数で先輩後輩が決まる。年齢は関係ない。そして、どんなに売れても、先輩には敬語だ。後輩の方が先輩より売れていようが、その関係は変わらない。

この業界に入ったばかりの頃、謙虚に先輩に頭を下げる売れっ子をかっこいいなと思った。でも、最近は同じ光景が別の意味を持つようになってきた。遠くない将来、後輩が俺たちを飛び越して売れてゆき、その売れた後輩から頭を下げられる――楽屋での居場所だけはどんどん奥になっていくのに、生活レベルも世の中の認知度も全く変わらない――なんてことを想像したら震える。

「今日は絶対、俺たちの漫才、認めさせような」

自分たちの席の奥に広がる空席を見ながら俺が言うと、昌紀が「おお」と言った。昌紀はこういう話を茶化さない。そこが好きだ。

近くの弁当屋のおばちゃんが今日の出演者用の弁当を届けに来たのと入れ違いに、俺たちは楽屋を出て非常階段に向かった。ここで出番の十五分前まで稽古を重ねるのだ。

昌紀は真面目で完璧主義だ。間《ま》にこだわる。自分の理想が見えないと、あからさまに苛立った。

「ごめん。ごめん。ちょっと待って」

昌紀は俺を待たせたまま、ぶつぶつ台詞を言いながら自分を追い詰めて答えを探していく。イライラ歩き回る昌紀を見ていると、眼鏡をかけて、アイロンがきっちりかかったシャツを着た小学生が目に浮かんだ。

出会ったとき昌紀は二十二歳だったけど、こういう真面目さは小学校時代から同じだって断言できる。芸人になろうなんてばかなことを思いつくまで、理想を追い求めながら真っ直ぐ生きてきたんだろう。ずっと優等生で、ずっと律儀で。

昌紀は「俺の理想の女の子はね、息をしないんだ。ぐふふ」という台詞で突っかかっている。俺は、缶コーヒーを開けて、慌てずに待つ。こういうときの昌紀を変に刺激すると、ますます悩みが深くなるとわかっているからだ。

昌紀は眼鏡を外して、長く伸ばした前髪を「あぁぁぁぁ」とかきむしる。普段は隠している貴族的な整った顔が見えた。

「俺の理想の女の子はね、息をしないんだ。ぐふふ」

昌紀がホンイキで言ったので、

「それって、死んでるか——アレだよね」

と続ける。昌紀が先に進んだ。

「それでね、俺の理想の女の子はね、目が大きいんだよね。このくらい」

昌紀は、指で輪っかを作って自分の顔に当てる。「ぐふふ」

「その目の大きさは、たぶん――アレだね」

「それでね、俺の理想の女の子はね、嫌な匂いもしないし、トイレも行かない」

「それ、完全に二次元だね」

冷たい口調でツッコんだあと、ふと思いついた。「待って」

当たり前すぎる気がした。二次元に恋するクラスメートをばかにするって、なんていうか――古い。

「昌紀、もう一回、『俺の理想の女の子はね』からやってくんない?」

昌紀は、俺の意図を知ろうと目の中を覗き込む。でも、きっと何も見えない。俺にだって、いま頭の中でぼやっと湧いていることが、どういう形になるかはわかってない。

「いくよ」

昌紀はそう言って、スイッチを入れる。

「俺の理想の女の子はね、息をしないんだ。ぐふふ」

ここは、いままで通り返す。

「それって、死んでるか――アレだよね」

「それでね、俺の理想の女の子はね、目が大きいんだよね。このくらい。ぐふふ」

この返しは、台詞はそのまま、表情だけ変える。眉を寄せて、ちょっと泣きそうな感じ。

「その目の大きさは、たぶん──アレだね……」

昌紀が俺の変化を感じて、芝居を盛ってくる。さっきより興奮した感じで昌紀が言う。

「それでね、俺の理想の女の子はね、嫌な匂いもしないいし、トイレも行かない」

ここだ！　──俺は昌紀を羽交い締めにする。

「よせ！　それ以上言うな！」

クラスメートをばかにするんじゃない。友だちのために泣いてやる。

「……いまからキツイこと言うよ。それはアレだね。きっと、二次元だね」

でも、恋に夢中のクラスメートは気づかない。

「いやだなぁ、ちゃんと学校にいるよ。二階の、渡り廊下のところにある教室で会ったんだよ。ぐふふ」

「そこ、アニメ部の部室だから！」

俺が絶叫すると、昌紀の力がふっと抜け、素《す》に戻った。俺も羽交い締めにした手を離す。

胸の鼓動がうるさい。手応えと、いい結果が訪れそうな予感のせいで、心臓がはしゃいでいる。

昌紀が呟く。

「本番前に言うのはなんか恥ずかしいけど……俺、今日頑張るわ」

「おお」

俺も言って、残った缶コーヒーを飲み干した。

昌紀はまた眼鏡をかけ、小さな鏡をポケットから取り出して前髪を何度もなでつけて慎重にたらす。額と目の半分が隠れて、冷たい目だけがギョロッと覗く気持ち悪い男が出来上がった。

せっかくの高身長も、猫背のせいで五センチは小さく見えた。俺なんか背筋も伸ばして、靴を買うときはソールにこだわって、髪だってちょっと膨らませて、これでプラス一センチ、こっちでプラス一センチと細かく刻みながら稼いで、やっと昌紀の肩くらいなんだけどな……。

「今日だよな」

昌紀が、ちょっとだけ緊張が籠もった声で言う。

「うん、確か」

「確か」って答えてみたけど、絶対に間違いない。三週間前からこの日を待っていた。

今日はみずきさんがテレビ局のプロデューサーを連れてきてくれる。それも若手じゃなくて、かなり力のある人らしい。スレンダーズを面白いと思って欲しい。いや、名前だけでも覚えて欲しい。

俺たちはいま、ものすごく売れたい。

俺たちの稽古場と化している非常階段の手すりを掴んで、めいっぱい身を乗り出し、深呼吸する。すぐ下の弁当屋から、揚げ物の油の匂いが漂ってきている。古い油を何回も使ってるんだろうな。売れたら、その弁当屋から配達される楽屋弁当なんか食わないで、劇場の出番が終わったら、後輩を連れて高級焼き肉に行く。もしくは、モデルか女優と待ち合わせて、個室のある店に行く。

売れたら……非常階段で稽古はしない。濱中さんのように、自宅の地下の稽古場で稽古する。そして、劇場には出番直前にやって来て、楽屋では後輩たちと雑談して、スタッフが「お願いします」と呼びに来たらやっと立ち上がって舞台に向かう。そしてあっさり爆笑をさらって、後輩たちから「天才」と呼ばれるのだ。

「でもな、俺たちだって昔はそこの非常階段でずっと稽古してたんだよ」

そう言って後輩を励まし、この非常階段は「あそこで稽古すると売れる」と伝説になるのだ。

俺たちは、満を持して舞台に出た。

「ご来場の素敵な女性の皆様。この世で一番ムカツク言葉は何ですか？　当てましょう。それは『浮気』。ね、そうでしょ？　その浮気と書いて『うき』と読みます。浮気淳弥です」

一人だけ、「フフッ」と高い声で笑った女性の客がいた。下手の後ろの方の席。派手めの柄のブラウスが、舞台を照らす照明のハレーションで見えている。顔は暗くてわからないが、声からすると三十代。

ラッキーだ。こういう、率先して笑ってくれる客がいる回は、他の客も照れずに声を出して笑ってくれる。

「佐藤昌紀です」

急に身体が勝手に動いた。俺は右足を前に出して、コケたのだ。

「短いよ！　お前も何か言えよ」

昌紀は一瞬だけ、本気でムッとした顔をして、それから、

「俺、特徴ないし」

と言う。

「特徴はあるだろ。その前髪、猫背、嫌な目つき。盛りだくさんだよ、渋滞してるよ」

派手なブラウスが「キャハッ」と言い、他の客の笑いが続く。いい流れだ。

「そんな二人でやってます」

と言って、右側に立つ昌紀を見た。昌紀の目も輝いている。昌紀にも伝わったのだ。あの、派手めのブラウスから攻めていこう。最初はちょっとしつこめにして、アドリブを増やしてお客さんを温める。でも、しつこすぎるとお客さんは引く。それは、先輩たちの舞台を見たあと、二人で何度も語り合ったからお互いわかっている。お客さんが温まったなと感じたらすぐ、アドリブはやめて台本通りに戻す。そのタイミングは、アイコンタクトで決める。

一瞬の視線のやりとりで方針は決まった。

声を揃える。

「二人合わせてスレンダーズです」

派手なブラウスが拍手してくれた。

俺たちは、十年後、今日のことを話すんだ。

「派手なブラウスを着た女の人が客席にいてさ、その人が最初っから笑ってくれたんだよな」

昌紀もきっと鮮明に憶えていて、言う。

「あの人、それまで劇場で見かけたことあった?」

「ない。あったら憶えてるよ。ちっちゃい劇場だし、あの頃の俺らのファンって、五人くらいしかいなかったし」

「いまがあるのはあの人のおかげだな」

「お礼したいんだけどな。いつか名乗り出てくれるかな」

十年後はきっと明るい。この、沸きつつある客席のどこかに、俺たちの未来を握るプロデューサーがいるから。

「俺、好きな人が出来たんだ!」

いつもより声を張る。客席の奥まで声が飛ぶのが見える気がする。

「理想の人に会ったんだよ」

昌紀が、猫背の背中をますます丸くする。

「実は、俺もなんだ。俺の理想の女の子はね、息をしないんだ。ぐふふふふ」

稽古のときより長い「ぐふふふふ」に、客席の女性たちが「ひゃぁぁ」と声を上げた。

「それって、死んでるか——アレだよね」

派手なブラウスが「キャハハハ」と笑う。他の客もクスクス言っている。今日の客は察しがいい。

「それでね、俺の理想の女の子はね、目が大きいんだよね。このくらい」

昌紀が指で輪っかを作って自分の顔に当てる。「ぐふふふ」

また「ひゃぁあ」という声。

「その目の大きさは、たぶん――アレだね……」

客席の派手なブラウスが揺れ、「フハハハハハ」という声が響いた。前より大きい。昌紀への「ひゃぁあ」に対抗しているんじゃないかって気が、ちょっとする。

「それでね、俺の理想の女の子はね、嫌な匂いもしないし、トイレも行かない」

派手なブラウスがまた笑うと思った。だから、俺は昌紀を羽交い締めにするタイミングを少しだけ遅らせる。でも、派手なブラウスは反応しなかった。

あれ？

慌てて昌紀を羽交い締めにする。

「よせ！　それ以上言うな！」

さあ、ここからだ。俺たちの新しいスタイル。めいっぱいの泣き声を作る。

「……いまからキツイこと言うよ。それはアレだね。きっと、二次元だね」

「フハハハハハッハハ！」

派手なブラウスの笑い声が前より長くなった。昌紀の間が崩れる。本当なら自分の台詞を言いたいタイミングで、派手なブラウスの笑いが続いているからだ。

昌紀が必死に立て直す。

「いやだなぁ、ちゃんと学校にいるよ」

その瞬間、客席で誰かが大きなくしゃみをした。観客の集中が一気に削がれる。

昌紀の首筋を汗が伝う。コンビを組んで三年。こんな昌紀、見たことがない。

「ちゃんと学校にいるよ。二階の、渡り廊下のところにある教室で会ったんだよ。ぐふふ」

「そこ、アニメ部の部室だから！」

「フハハハハッハハ！」

他の客の笑いを吹き飛ばすような不自然な爆笑に、客席の空気がざわめく。観客の中にはきっと、派手なブラウスは俺が仕込んだサクラで、俺を持ち上げて昌紀に恥をかかせようとしていると思う人間もいる。勘弁して欲しい。こんな笑い方、むしろ俺への嫌がらせだ。

その証拠に、さっきから俺が何か言う度、派手なブラウス以外の客の笑いは、どんどん減っている。

マズイ。なんとかしないと。今日の客席にはマネージャーのみずきさんが連れてきたプロデューサーがいるんだ。まさかプロは、派手なブラウスがサクラだなんて思わないよな？

「なあ、お前が好きな人って、奥に座ってるブラウスの彼女？　だったら両思いだよ」

昌紀が台本にないセリフを言って、長い腕を客席に向かって伸ばした。

「は？」

俺は、馬鹿みたいに口を開けて腕の先を見た。その向こうに派手なブラウスがいる。

「彼女、さっきからお前が何か言う度に笑ってるし。絶対両思い」

彼女は一瞬黙ったあと、

「フハハハハッ」

と盛大に笑った。それを追うように他の客も笑う。大爆笑だ。

俺は馬鹿みたいに「なんで？」と呟く。また客が笑う。昌紀が続いて派手なブラウスのことを持ち上げる。俺は何も言えない。昌紀の言葉はちゃんと耳に入っているのに、まるで理解できず、ただ目の前を通り過ぎていく。昌紀がこちらを見た。「早くネタに戻してくれ」と言いたいのだとわかる。でも、頭の中に台本の文字は見えているのに、どこに戻ればいいかわからない。ただ、呼吸だけが荒くなる。そんな中、昌紀が無理矢理一人で話し続けている。その声がだんだん遠くなる。

昌紀が何か言った瞬間、派手なブラウスが手を叩いた。つられた他の客も拍手する。

待ってくれ。まだオチの前だ。

俺は客席を見る。手を叩く人たちを。

動けない。言葉も出ない。

昌紀が俺の頭に手を載せて、無理矢理お辞儀をさせながら言った。

「ありがとうございました」

俺たちの出番は終わった。


本番が終わったら弁当を食べるのがルーティンだ。いつもなら限界まで腹が減っているから、舞台から戻ると立ち止まることなく積み上げられた弁当を取り、席に座って蓋を開け、箸を割る。死んだ父親が「いただきますだけはちゃんと言え」とうるさかったからその瞬間だけはちょっと手を止めるけど、そのあと食べ終わるまで、動きが止まることはない。

だが今日は、弁当の蓋を開けてサバの味噌煮の匂いと、隣の唐揚げの匂いを嗅いだだけで吐き気がしてきた。

最悪の舞台だった。

昌紀は俺の方を見もせずにご飯をかき込んでいる。偏食の昌紀は魚介類を食べられない。だから、いつもならこういう弁当を見ると、昌紀は「あ、ダメだ」とまず俺に向かって弁当を差し出す。俺はサバの味噌煮を貰い、昌紀は「これいいか?」と聞きながら俺の弁当から欲しい物を取る。なのに今日はそのお決まりの会話もない。

昌紀が、自分のアドリブに乗っからなかった俺に怒っているのか、呆れているのかはわからない。真面目な昌紀のことだから、自分のやり方が悪かったと反省している可能性もある。

でも、どんな感情であれ、昌紀には弁当を食べる気力があり、俺にはない。今日の舞台での勝者は昌紀で、敗者は俺だからだ。

俺は、対応できなかった。

首筋を冷や汗で濡らしている昌紀を心配していたクセに、結果としては俺が役立たずだった。

スレンダーズにとって初めての局面だった。俺のほうが年上だ。経験もある。だから今日までスレンダーズを引っ張ってきたのは俺だった。それが変わった。

サバを突《つつ》いているうちに、三野・狩野が出番を終えて戻ってきた。

「いやぁ、お客さんをあったためといてくれたおかげで、やりやすかったわ」

三野の顔は昌紀を向いている。当然だ。

「……偶然ああなっただけだから」

昌紀はそう言って、ペットボトルのお茶をあおる。

三野が声を潜める。

「立原さんが、今度飲みに行こうって言うてはった。昌紀も呼べって」

「そう……」

チビの狩野がわざわざ俺の前に来る。「浮気も来ていいって」

三野・狩野は、イケメンの三野と、小柄でぽっちゃりの狩野という、キャラクターがはっきりしたコンビだ。三野は関西出身で、狩野が東京の出身。二人の漫才は、関西と関東の違いをネタにする。

今日この劇場に出る中で一番売れっ子の立原さんが二人を買っている、とみずきさんから聞いていた。

立原さんは、ピン芸人として、いかつめの顔でやる不良ネタでブレイクした。後輩思いで礼儀には厳しく、叱ることを恐れないうちの事務所の長男みたいな人だ。去年四十歳になったのに、落ち着きだけ手に入れて全然おじさんっぽくないのはまさに『ああなりたい大人』って感じ。

立原さんの性格なら、俺が昌紀と一緒に食事会に行っても、「おお、そこに座れ」と言ってくれる。でも、三野は、立原さんの言葉をたぶん、正確に再現した。「昌紀も呼べって」と。「スレンダーズも呼べって」ではなく。

三野と狩野は、弁当には手をつけず、鏡を見て髪を直している。

「食わないのか？」

「うーん、腹は減ってんねんけどな」

三野が意味ありげに言った。

「このあと、食事会に呼ばれるかもしれへんし」

「立原さん？」

「いや。立原さんは仕事やて。今日、みずきマネが、プロデューサー連れてきてるやろ。あとで面談の時間貰えるみたいやから、そこで盛り上がったらそのまま食事会かなーって」

なるほど。そんな夢が待っているなら、サバ味噌と冷えたご飯を食ってる場合じゃない。でも、俺にはありがたい一食だ。

食おう。

止まりがちだった箸をもう一度動かしたとき、みずきさんが入ってきて、「ねえ、三野・狩野、ちょっと来て」と言った。二人は勢いづいて出て行く。

飲み込もうとしていた白米が、喉のあたりで急にもたつく。

「スレンダーズも、少し待ってて」

返事をする間もなく、みずきさんは三野・狩野を追って行った。

俺たちに待っているのは、食事会ではなく説教だろうか。俺は、これ以上何かを飲み込む自信が無くて、弁当の蓋を閉めた。

みずきさんは、十分後に迎えに来た。

「プロデューサーの隅田さんがお時間くださるって」

「うそ」昌紀と俺の声が揃う。もうそのチャンスはないと思っていた。

「三野・狩野と飲みに行かれるんですよね？」

俺が聞くと、みずきさんは「隅田さん、今日はお仕事があるらしくて、帰っちゃうって」と言う。

「二人のプロフィール見せたら、会ってみたいって言ってくれた。ほら、急ご」

多分、「会ってみたいって言ってくれた」は嘘だ。みずきさんが頼み込んで隅田さんの時間を貰ったんだろう。それがわかる程度には、俺も昌紀もテレビ局の人たちと接している。彼らは興味がない人間に会うくらいなら、一本でもメールを打ちたがる。俺と昌紀は、隅田さんのもとへ急ぐ。

喫煙室でタバコを吸っていた隅田雅美さんは、いかにもやり手という感じの、洗練された女性だった。

「隅田さんは元々、ドキュメンタリーなんかも作っていらしてね、よくうちの芸人をナレーションに使ってくださってたの。そのときからお世話になってる」

「まだみずきちゃんが先輩から、『みずき!』って呼び捨てにされてた頃ね」

「あの頃は、パワハラ当たり前だったんで。隅田さんなんかはもっと苦労なさったでしょうけど」

「わたしは局採用でもないからね。小さな制作会社で雑用ばっかりしてた」

二人は思い出話で盛り上がっている。面白いことを言ってアピールしたいけど、入る隙がない。

「科学で家庭の悩みを解決するって番組とかやってたの。知ってる? 二人は若いから、あの頃はまだ子どもだったでしょ?」

年上の女性から年齢に関わる話を振られると、上手にかわせなくて目を逸らして曖昧に微笑むしかない。

二人の話を総合すると、隅田さんの年齢は五十を越えるかどうかというあたりだと予想がつく。ただ、その前情報無しに彼女を見ると、小柄で、ほっそりしていて、歳より若い。服装も、五十代の業界人にありがちなブランド志向はなくて、ノーブランドのくたっとした革のバッグにスニーカーを履いている。それがまたかっこいい。こだわりは強くないけど、嫌いなものは嫌いな人なんじゃないかなと想像する。

隅田さんは、俺たちのプロフィールをちらりと見て言った。

「今日の客席はやりにくかったよね」

低めの声が、温かい。

「はあ……」

昌紀の声は、疲れ切っている。

それを聞いて隅田さんが「ふふふ」と笑う。頭ごなしに叱るタイプではないらしい。

「でも、俺たちが悪いんです」

と俺は言った。

「対応して当たり前でした。調子を崩したのは俺たちの……いや、俺のせいです」

賭けだった。でも、この人には潔く謝った方が好かれると思ったのだ。効果があったのかどうか、隅田さんはプロフィールにもう一度目をやって「そうだ、浮気と書いてうき君だ」と呟く。

「はい」

「自己紹介はインパクトあるんだけどね……」

「だけどね」のあとはわかっている。このところずっと言われていることだ。

「いまってね、よく知ってるとは思うけど、芸人目指している人の数がとっても多いのよ。だから、相当個性がはっきりしてないと突破口を開けない。突破口っていうのは、新人時代に、どういう話をするためにテレビに呼んでもらうかってことね。実家が貧乏とか、離島出身とか、前職が特殊とか、その人じゃないと話せない話題を持ってると強いんだけどなー」

隅田さんはそう言いながら、プロフィールをめくっている。そこには確かに、特別なことは何も書かれていない。俺の学歴は、東京の外れの普通の公立小・中・高が並んでいるだけだし、その後はマスコミ系の専門学校。卒業後、コント集団にいたことがあって、しばらくして養成所。この業界では珍しくもない経歴だ。

十歳で父親を亡くしているけど、これに関してはありきたりなことしか話すつもりはない。いくら芸人として成功するためだからって、このとき起こったことを全部人前で話す気にはなれない。

「資格は普通免許だけ？」

「はい。十年間ペーパードライバーです！」

少しはウケるかと思ったが、隅田さんは俺のプロフィールからスレンダーズの突破口を見つけるのは諦めて、昌紀の方に移った。昌紀のプロフィールには、長野の小・中・高を出た、までが書いてある。

「昌紀君の方は気持ち悪いキャラにしてるみたいだけど、そうやって猫背にして髪の毛で顔を隠すのって、舞台だから通用することじゃない？　テレビのバラエティに出て、ひな壇に座っているところをいろんな方向から撮られたら、実は整った顔立ちだってすぐにバレると思うのね」

さすがプロデューサーだ。昌紀のことを見抜いている。

「実はイケメンでした……っていうのは、一度は面白いと思うけど、それだけじゃ飽きられちゃうよね。他にも何かないと……」

隅田さんは本気で悩んでくれているようだ。それがツライ。プロデューサーを悩ませるほど、俺たちには魅力がないんだって身に沁みる。

「二人のバランスはいいし、ネタも独りよがりじゃなくてわかりやすいんだけどな……」

で？　で？

みずきさんが、昌紀から目を逸らしながら割って入った。

「昌紀は東大卒なんです」

「え、そうなの？」

困り顔が一瞬で輝いて、隅田さんはもう一度プロフィールを見る。

昌紀が口を挟む前に、みずきさんが慌てて言い添えた。

「本人が、そればっかりイジられるのが嫌だって言って、書いてないんですが」

「ダメだよ、そういうことは大々的にアピールしないと」

言いながら隅田さんがペンを取り出した。声が一気に熱を帯びる。「昌紀君、英語は？しゃべれるの？」

みずきさんが、何も言わない昌紀の代わりに答える。

「英語はもちろん、中国語も話せます。ドイツ語も少し」

「ドイツ語、いいね。話せる人少ないもんね。じゃあピンでクイズ番組出たり、レポーターやったりするなら誰かに紹介するよ。そうだ、この前うちで企画が通った新番組で、日本在住の外国人を解答者にして、日本の伝統についてのクイズを出すっていうコーナー作るのね。その番組のプロデューサー、わたしもよく知ってる子だから、昌紀君の名前、出してみるよ」

隅田さんは、『英語、中国語、ドイツ語』とメモをし、その下に『田島に紹介』と書いた。

タジマニショウカイ。

こんな日が来る気がしていた。相方が俺を見捨てて羽ばたいて行く。俺は小さなアパートで発泡酒を飲みながら、元相方の姿をテレビで観るのだ。

俺は、何も言えずにただ、息を詰めて隅田さんのメモの字を見つめる。

昌紀が、部屋の大きさに釣り合わないボリュームの声を出した。

「俺は淳弥とコンビでやっていきたいんで。一人でテレビ出るのは考えてないです。もう一回二人でチャンスをください。一ヶ月後の舞台で、今日より笑い取ります。見に来てください！」

深く頭を下げた昌紀の後頭部を見つめたまま、俺は動けなかった。

昌紀とは、養成所で出会った。向こうは大学を出てからの入所で二十二歳。こっちは専門学校を出てからしばらく友人たちとコントをやっていて、その集団も解散して、また別の集団に入って辞めて……と色々あって二十五になっていた。

色々あった俺のことを、「あの歳まで売れなかったヤツ」と言った同期もいた。でも昌紀は、「俺が知らないことを色々知ってる」と言ってくれた。「俺は、本に書いてあることは知ってるけど、それ以外は何もわかってないです。だから教えて欲しい」

真剣にこちらを見た昌紀の目は、いまでも憶えている。二十二にもなってこんな顔ができるヤツはきっといいご家庭で、両親に愛されて育ったんだろうなーと思った。

昌紀は頭がいい割に、人間関係に対しては驚くほど無策だった。講師の話を律儀にメモし、理解できないと「それはどういう意味ですか?」と真っ直ぐに質問する。講師は途端に嫌な顔になる。昌紀は東大出だってことを自分から話さなかったけど、このイジりやすい事実はいつの間にか漏れて知れ渡っていたから、講師は昌紀から質問を受けると、自分の説明がわかりにくいか、言葉の使い方が間違っているか、なんにしろ、昌紀に間違いを指摘されたような気持ちになるからだ。昌紀の方はただ、自分の疑問を解消したいだけなのに。ちょっと上手くやれば気に入られるのに、ただただ真っ直ぐ進んで壁にぶち当たる。俺は、そんな不器用な昌紀がおかしくって、好きになった。

昌紀といると、俺は安心できる。俺が人生の最初の十年を生きるときにまみれていたごまかしが必要無いからだ。

そして、「淳弥とコンビでやっていきたい」が嘘ではないと信じている。俺だってそうだから。

ただ、それを口に出すのは恥ずかしい。隅田さんを「今日はわざわざありがとうございました」と頭を下げて送り出したあと、俺たちは無言になった。そして、昌紀は、

「今日、これからバイト」

と言い、俺は、

「俺は帰る」

と言っただけで劇場の前で別れた。


アパートの最寄り駅の階段を下りると、廃業したばかりのパン屋のシャッターに、落書きがされていた。

【人殺し】

今朝はなかった落書きだ。

数ヶ月前、近くの幼稚園で集団食中毒が起こった。クリスマス会に出た子どもたちが、その夜から次の朝にかけて次々具合を悪くしたのだ。しかも、その中の一人は亡くなってしまった。

「原因は、昼食に食べたサンドイッチだった」と報道され、納入したこのパン屋に抗議の電話が殺到したという。

老夫婦がやっているパン屋だった。昔ながらのクリームパンとか、甘めのカレーパンを売っているような店で、特に何が美味しいわけでもないが、かといってマズくはない。

もしこの店の商品で食レポをしろと言われたら、「あ！　懐かしい味ですね」と答えただろうな、と思う。それでも、毎日閉店前には思い切った値引きをするので、結構お世話になっていたのだ。たまにおばあちゃんが「若い子はいくらでもお腹が減るでしょ」っておまけしてくれたし。

もう四十年もこの駅前で商売していたという店が、食中毒で幼稚園児が亡くなったと噂になってから一ヶ月せずに廃業した。

確か、パンを作っていたおじいちゃんが心労で亡くなったのだ。

ひどい話だよな。子どもが亡くなるのも、おじいちゃんが死んだのも。

そう思いながらシャッターの前を通り過ぎて、コンビニに入った。明日の朝メシ用のパンを買う。申し訳ないが、あのパン屋の代わり映えのしないパンより、コンビニの新製品を選ぶ方がわくわくする。

コンビニを出て、袋を振り回しながらシャカシャカ言わせていたら、幼稚園児とパン屋の悲劇は遠い昔の気がしていた。暗い話は、こっちに気持ちの余裕がないと、とても受け付けられない。だからさっさと蓋をしたのだ。

アパートの方角を向くと、道が闇に向かって伸びているのが見える。その道を進むと、前を行く人たちが、一人消え、二人消えして減っていく。特急が停まらないこの街で、比較的駅の近くに住んでいるのは戸建てを買った家族持ち、その次が二つほど離れた駅の大学に通う学生、一番駅から離れた静かなエリアに住むのが、利便性よりも家賃の安さを優先する人種だ。

俺の前を歩いていた最後の大学生がアパートに消えると、前を行くのはサンダル履きのおっさんだけになった。まだ二月。寒いのに裸足だ。片方の脚が悪いのか、ズーッザ、ズーッザという特徴的な足音が聞こえる。

このおっさんとはたまにこの道で一緒になる。同じアパートの一階に住んでいて、めったに外出しない。何の仕事をしているのかわからないけれど、時々通販の配達が来るから収入はあるんだろう。

独り者で、友だちが訪ねてくることもない。いつもだらしない恰好で、まともな仕事をしているようにも見えない。笑っているところも見たことがない。たまに、ご近所と揉めている。俺にも「足音がうるさい」と突っかかってくる。部屋の中で独り言を言う声が聞こえる。

このおっさんは、絶対になりたくない将来を煮詰めたみたいだ。いつもこのおっさんに会うと、何かを吸い取られる気がする。

おっさんがだらだら歩いているせいで、距離が詰まりそうになる。でも、近寄るのも追い抜くのも嫌で、俺は足音をなるべく立てないようにしながら、おっさんと距離を保つ。

なのに、おっさんは部屋に入る前、振り返ってこっちを見た。一応会釈したが、向こうはノーリアクション。おいおい、いい大人が無視かよ。

階段を上がりながら部屋を見ると、明かりがついていた。

半年前なら中にいるのは佐緒里だが、あいつはもう栃木の実家だ。今日いるのは母ちゃんか姉ちゃんだ。

部屋に入ると、両方がいた。俺の基準で言うと、母ちゃんだけが一番マシ、母ちゃんと姉ちゃんのセットが次にマシ、最悪が姉ちゃんだけという状態なので、この状況はひとまず、「まあまあ」だ。

「お母さんの誕生日が近いでしょ？　だから、プレゼント買いにデパートに行った帰りに寄ったの。あんたもちょっと出しなさい」

姉ちゃんは、俺がまだ靴も脱いでないのに金を請求する。こいつの前で財布を開けるのは嫌だ。

「あとで渡す」

「あんた、またお金ないの？」

「銀行行く暇がないんだよ」

言いながら、目の端に母ちゃんの心配そうな顔が入ってくるのがツライ。

俺たちの父親は俺が十歳のときに死んで、以来母ちゃんは俺たちを女手一つで育ててくれた……と言うと、みんな自動的に母ちゃんの苦労を想像して眉のあたりに皺を寄せて「それは大変だったね」という反応をしてくれる。

でも、そんなに単純でもない。

父ちゃんが死んだあと、残された俺の中に浮かんできた気持ち、母ちゃんがぽつりと言った言葉、姉ちゃんがあの食卓で取った行動は、どれもけなげとか、痛々しいとかとかけ離れていた。あんな場面は、父の死という悲劇に見舞われた家族をドラマで描くときには絶対に登場しない。でも、本当に起こったことだ。

思い出すだけで、封印した瓶の中から罪悪感が漂ってくる。

だから俺と母ちゃんと姉ちゃんは、あの日のことを思い出して語ったりしない。全員で力を合わせて忘れたフリを続けている。

母ちゃんが父ちゃんに人生を狂わされたのを、俺よりしっかり見て記憶している三つ上の姉ちゃんは、母ちゃんの前に現れた第二の要注意人物である俺に厳しい。

「財布見せなさいよ。幾ら持ってるの?」

「いまの時代、現金なんか持ってなくても何とかなるんだよ。ＰＡＳＭＯにもスマホにもチャージしてあるし」

見え透いた嘘を、姉ちゃんが鼻で笑う。俺を助けるつもりなんだろう、母ちゃんが話を変える。

「ご飯は食べたの？」

「食べたよ。劇場の弁当」

「また、そんなので済まして」

「劇場のすぐ隣に弁当屋があるの。おばさんが三人くらいで手作りしてて、美味しいし、栄養もあるんだよ。立原さんも、ここの弁当が一番いいって言ってるし」

「一番いい」はだいぶ誇張だけど、家族の面倒な会話を終わらせるためだ。

「立原って、立原誠？」

姉ちゃんが口を挟む。

「呼び捨てにすんな」

「お母さん、淳弥があのくらいになってくれたらわたしたち、息子さんは何なさってるのって近所の人に聞かれてもごまかさなくていいし、新しい家も建ててもらえるよ」

「家はあるから」

母ちゃんは、東京の外れにある古い家と、ちっちゃな庭に作った家庭菜園をとても愛している。

「わたしは新しい家がいいよ」

「あんたはそのうち嫁に行くでしょ?」

姉ちゃんが嫌な顔をした隙に、俺は手と顔を洗って、一息ついた。

家族との会話って、どうしてこんなに代わり映えがしないんだろう。もう何年も俺は「ご飯はちゃんと食べているか?」と生活を心配され、姉ちゃんは結婚を心配されている。くだらない。家族なんて。

母ちゃんと姉ちゃんはしばらく言い合ってから帰って行った。あの二人が、顔を突き合わせて生活しているのが信じられない。しかも、元々は父ちゃんもいた家で。タフさが半端ない。

シャワーを浴びて、頭も身体も同じボディソープで洗った。シャンプーが切れているのだが、次のバイトの給料日まで買えない。ボディソープで洗った髪はキシキシする。それを、少しだけ残っているコンディショナーでなんとか落ち着けて、ざっと湯を被って終わりにした。

ベッドに身を投げ、スマホでニュースサイトをチェックする。読むのは、安い食材で美味しい料理が出来るって記事と、コンビニの新商品のレポートだ。

だって、政治家が何かズルしたとか、「なんでそんなこと言っちゃうかな」と俺でも思うような失言をしたとかは俺の人生になんの影響も与えないし、向こうだって俺のことなんか気にしてない。つまり読むだけ時間の無駄だ。

子どもが虐待されたとか、イジメを学校がもみ消したなんてニュースも、うんざりだ。子どもが大人に人生を翻弄されるのはよくわかってる。いまさら知りたくもない。

読みたい記事だけをサッと読んだあとは、窓から逃げようとして柵にはまった子犬とか、いたずらをごまかそうとして飼い主から目を逸らす犬の動画を見て、

「ばっかだなぁ」

と言いながらひとしきり愛でた。次はTwitterだ。まずトレンドをチェックする。

【くるみちゃん】がトレンドに上がっていて、「お」と興奮した。【くるみちゃん】はTwitterで人気が出たアイドル猫だ。飼い主の【リーサ】に何かねだるときに立ち上がって挙手するという芸を持っていて、その姿がめちゃくちゃ可愛いと人気だった。

また新しい動画が話題なんだろう——と思ったら、長い文章だった。

【みなさんにご報告があります。くるみちゃんが今日、天国に旅立ちました。わたし【リーサ】だけでなく、家族みんなショックを受けています。まだ気持ちを整理できない。

だから、感情的なことを書いてしまうかもしれません。不愉快な思いをさせたらごめんなさい。実は、みんなに愛してもらったくるみちゃんは、元々はわたしの親友の猫でした。親友は幼稚園のとき、ひき逃げされました。十年前の三月十二日。犯人はまだ捕まってなくて、時効が来月に迫っています。わたしは悔しい】

え？　幼稚園児がひき逃げ？

三ページあるらしい文章の一ページ目で手が止まった。

ひでーな。犯人が捕まってないって……なにそれ？　ひき逃げってタイヤ痕《こん》とかで車種がわかったりするもんじゃないの？

何で逃げ切れるの？　警察の怠慢？

それか、犯人は偉いヤツの息子とかで、何かの力が働いて捕まってないとか？

まさかね。

怒りが湧いてきて、【ひき逃げに時効はいらない】という【芋ようかん】なる人物のツイートに『いいね』してから、自分のアカウントで呟いた。

【幼稚園児をひき逃げなんて、人間じゃない。警察はちゃんとしろ。犯人捕まえるのが仕事だよね？　こういうことは茶化せないのでボケはなしです】

ハッシュタグは他の人が使っていた【#ひき逃げゆるせない】にした。

俺のフォロワーは二百人ちょい。ほとんどは芸人仲間とバイト先で出会った人たちで、反応はあまりない。

いつも即レスしてくるのは【かっちゃん】。この人は俺のファンだ。【全くその通り！ゆるせない】とリプライが来た。ファンは大切だ。もちろん無視はしない。

【今日はライブでした。充実した時間に、嫌なこと知った】

【この事故憶えてる？】

【憶えてない。十年前は専門学校とバイトでニュース見る余裕がなかった】

【あとで詳細教えます。それより今日の漫才、よかったですよ。面白かった！】

【かっちゃん】が男か女かは知らない。出待ちをしてくれたことも、プレゼントや手紙が届いたこともない。でも、劇場にはだいたい来てくれているらしく、ライブ後は感想をくれる。

【昌紀さんの「ぐふふ」のあとの、泣きそうな淳弥さんのツッコミ、最高】

あの荒れた客席の中に、たった一人でも俺たちのファンがいたとわかってほっとする。【かっちゃん】は、その後も思いつくままに色々と感想を送ってくれた。でも、派手なブラウスの女性にも、漫才が本題から逸れたことにも触れなかった。ちゃんとわかってくれている。ああいう客がいたのは偶然の不幸だ。夕立にあったり、乗っていた電車が急に止まって遅刻したりするようなものだ。悪いのは俺じゃない。【かっちゃん】の連投の感想を読んで心が落ち着いてきたところへ、【真のお笑い好き】が乱入してきた。

【十年前、専門学校？　ニュースを見ないほど真面目にお笑いに取り組んでたのかな？】

なんだ、こいつ。俺の何を知ってる？

【お笑いに真面目だったかどうかは、人に言うことでもないので】

変に刺激しないよう、適度に突き放す。この【真のお笑い好き】は、俺が何を言っても絡んでくる。言わばアンチだ。フォロワーの少ない俺に突っかかっても注目を浴びるわけじゃないから、よっぽどヒマなんだろう。

【事故のときって、まだ実家にいただろ？】

その投稿に、写真が貼り付けてある。見覚えのある制服の少年が写っていた。

俺だ。

まじめくさった、卒業アルバムの写真。

なんで？

こいつ、元同級生か何かか？

正直言うと、【真のお笑い好き】は、養成所の同期の誰かだと思っていた。もっと言うと、狩野じゃないかと思ったこともあった。でも、狩野が俺の卒業アルバムを持ってるなんて考えられない。

しかも事故は三月の半ばらしいから、よくよく思い出すと、俺はギリ実家にいた。こいつ、それも知ってんのか？　気持ち悪っ。

【かっちゃん】が反応した。

【高校の制服、似合ってますね】

【かっちゃん】はこういうところがある。能天気で、時々俺の気持ちとズレる。応援してくれているのに申し訳ないけど、たまにイラッとする。

「似合ってる」にお礼を言っている余裕はない。【真のお笑い好き】に何と返すべきだろう。これまで何度かツイッター上のキャラを変えてきた。前の毒舌キャラならバシッと返せるが、相手が地元の友だちなら面倒なことになる。じゃあ、もっと前にやっていた電波系でいこう。

【高校生の頃、俺はお告げを受けました】

さすがにディスり方がわからなかったのか、幸い【真のお笑い好き】は黙った。

落ち着いて、【リーサ】の投稿の続きを読む。

【あのひき逃げ事故、覚えている人も多いと思います。幼なじみの男の子と一緒にいた女の子が、ひき逃げされた事件。現場は、地元では魔のカーブって呼ばれてた所。子どもたちが大人に「あそこは行っちゃダメ」って言われてるような場所。でも、美鈴ちゃんは、あの日、行っちゃったんです。でも、わたしはいまでもわからない。それって悪いこと？　悪いのは車の方でしょ？　ちょうど事故を見ていた人がいて、すぐに救急車を呼んだけど、美鈴ちゃんは助からなかった。確か出血多量。一緒にいた幼なじみの男の子は、美鈴ちゃんが事故に遭ってから救急車が来て運ばれるまで、ずっとその様子を見てたんですよ】

ああ、幼稚園児のひき逃げって、この事故か。

思い出した。実家のある西東京市で起こった事故だ。俺の行動範囲内じゃなかったけど、当時、新聞に載った地図を見たらだいたいあの辺だな、とわかった。

【かっちゃん】が律儀に、事故のまとめサイトのリンクを送ってくれる。

事件は、十年前の三月十二日の十一時過ぎに起きた。

こばと幼稚園の高梨幸太君が、家を出て近所の丸山美鈴ちゃんの家に遊びに行こうとしていた。いつもは子どもだけで道路に出ることは禁じられていたが、この日、幸太君のお母さんは具合が悪くて眠ってしまい、その一瞬の間に幸太君は家を出たのだ。

幸太君の家の前の道は大きくカーブしており、また、抜け道にもなっていたせいで、スピードを上げて疾走する土地勘のない車が事故を起こすことが多々あり、『魔のカーブ』と呼ばれていた。

幸太君も美鈴ちゃんも、この道が危険だと親から言い聞かされていたという。だが、どういうわけかこの日、自分の家に向かって走ってくる幸太君の姿を見て、美鈴ちゃんも飛び出していってしまった。

目撃者の男性によると、美鈴ちゃんが幸太君の名前を呼んで走ってくる途中で、幸太君が何か言い、美鈴ちゃんの足が止まった。

美鈴ちゃんが立ち尽くしたので、目撃者は危ないなと思い、声をかけたという。だが、美鈴ちゃんは動かなかった。幸太君が美鈴ちゃんに向かって手を伸ばして呼んだ。だが、次の瞬間、車が突っ込んできた。目撃者はすぐに携帯電話で救急車を呼んだ。通報後十分で救急車が到着。だが、美鈴ちゃんは助からなかった。

目撃者は、「車のナンバーも車種も憶えられなかったが、濃いめの紺色だった」と言い、「よく見えなかったが、運転席に座っていた人は若い男性で、学校の制服を着ていたような気がする」と警察に話した。

この証言は、地元の人間にはしっくり来た。事故が起きたのが三月だったからだ。

事故現場に一番近い公立校――俺の母校の都立あけぼの高校――は、半分が進学し、半分が就職するようなレベルだ。就職する連中は、進学組が受験に奔走している時期に自動車免許を取りにいく。学校は卒業するまで公道での車の運転を禁じているが、守らないヤツもいる。

ひき逃げは免許を取ったばかりの高校生が起こしたんじゃないか――と、当時地元でも噂になった。俺もちょうど自動車学校に通って仮免を取ったばかりだったから、そこでこの事故の話を聞かされ、「車を運転するというのは大きな責任を伴うことだ」と何度も言われた。

そうだよ、この事故、忘れるわけないじゃん。だって……。

ネットで検索してみる。

【ひき逃げ事故　幼稚園児　涙の訴え】

探した動画はすぐに見つかった。亡くなった美鈴ちゃんの幼なじみで、事故を目撃した男の子、幸太君の証言だ。事故の数日後、幸太君はカメラの前に立った。当時流行っていた『電撃戦士キックマン』という戦隊モノの靴を履いた小さな足を震わせて、ひきつけを起こすんじゃないかと思うような泣き方をしながら、それでも必死に訴える。

「僕、美鈴ちゃんを助けたかったのに、手をこうやってしたのに……」

言いながら幸太君は手をいっぱいに伸ばす。

「僕……小さくて届かなかった。僕……小さくて……」

隣にいるお母さんが「頑張って」と幸太君に囁く。幸太君は「僕が、もっと大きければ……うぅ、うぅ、うぅ」と必死で息を落ち着けてから、顔を上げてカメラを見て、

「犯人を、見つけて下さい」

と言った。

この映像に日本中が泣いた。それに続く、「目撃者は、犯人は制服を着た男子高校生に見えたと語っています」というナレーションで、その犯人を憎んだ。

【このひき逃げ、憶えてた。あのときの、男の子の訴えに泣く】

【#ひき逃げゆるせない】をつけてツイートしようとしていたら、また【真のお笑い好き】が【この事故憶えてないのひどいな。実家の近所だろ】と絡んできた。

「だから憶えてたんだよ。いま思い出したんだよ。てか、俺の実家把握してるとかキモいよ」

わざわざツイートするのも面倒で、スマホを放り出した。

これ以上起きてたら、身体が冷えて風邪をひく。

俺は、眠ることにした。

一ヶ月後にはもう一度、隅田さんが来てくれる。そこでどんな漫才をやるか、それが

いまの俺にとって、人生で一番大切だ。

2

部屋は西向きだから、朝日は差し込まない。だから、部屋が明るくなって目が覚めることもない。それが気に入っている。

起きたらもう十時過ぎで、喉がからからだった。布団を蹴飛ばして起き上がり、キッチンまで行こうとしたら足首がつったように硬い。

朝から最低だ。

小さな冷蔵庫を開けて、浄水ポットから水を飲む。この浄水ポットは元カノ・佐緒里の置き土産だ。

冷蔵庫の中には、デパ地下で買ったらしいサラダとサンドイッチが入っていた。ありがたい。母ちゃんが置いていってくれたんだろう。昨日コンビニで買ったパンもあったが、デパ地下を優先することにした。

無精して、水の入ったグラスとサラダのカップとサンドイッチを重ねるように持って、一度でこたつに運ぶ。あくびをしながら、床に放り出したスマホを手に取った。

あれ……。

スマホの電源が落ちていた。おかしい。寝る前、充電は十分残ってたのに。

まさか故障? やべーな。買い換えるのとか金ねーよ。

どうか正常であってくれと願いながら充電器に繫ぐと、スマホは反応した。どうやら、ただの充電切れらしい。

なんで?

LINEとTwitterのリプライが大量に届いている。

目がおかしいのか、

【人殺し】【卑怯者】【罪を償え!】【絶対に追い詰めてやる!】

日常にない言葉が並んでいる。

「なんかマンガみたいだ」と思った。やたら血が飛び散るようなマンガ。でも、『人殺し』の隣に書かれているのは、見慣れた自分の名前だ。

なんだこれ?

目覚めた直後より頭がぼーっとしてきた。

『人殺し』と言われても、何の現実味もない。ないから響かない。

痛くもない。

かゆくもない。

コントをやっていた頃、本番中に台詞を忘れて頭の中が真っ白になったことがある。コントの設定上、俺しか知らないことを言う場面で、他のメンバーが助けることもできない。その台詞が出てこないものだから、先に進まない。みんなが硬直する。観客にも異常が伝わる。笑われたらまだマシだったかもしれない。でも、客席のみんながみんな、出演している誰かの知り合いだった。だから笑うより、気の毒になったらしい。客席はアクシデントに気づかないフリをしてくれた。コントなのに、最後まで誰も笑わなかった。

本番が終わってから仲間に言われた「ギャラ泥棒！」はキツかった。

確かにあのときの俺はギャラ泥棒だったからだ。

でも俺は人殺しじゃない。

『人殺し』なんて、『お前の母ちゃんでべそ』みたいなもので、「いや、違うから」以外に返しようがない。

だからそのまま書いた。

【いや、違うから】

即座に反応がある。【無神経】【あの悲惨な事故にその返し？　どんな悲劇か知らないの？】

待って、待って。おかしいって。どんな悲劇か知らない人間は犯人じゃないでしょ。俺を犯人扱いしたいのか、事故を知らないって責めたいのかわからない。どっちか一つしか成立しないよ。

【その事故は知ってる】

【なら謝れ】

なんだ、こいつ？　事故を知ってたら謝らなきゃいけないって全然理屈が通ってないよ。ばかなのか？　……って言いたいけど、それはマズイ。だから言い方を変える。

【落ち着いて】

【そういう反応。がっかりです。あなたには人間らしい感情はないんですか？】【もう十年逃げてるんだから、落ち着いてるわな】【時効まで逃げ切るヤツってこういうことか】

【サイコパス】

一気に押し寄せる誤解に、どこから説明すればいいかわからない。文字を打つのは速い方だと思うけど、全然追いつかない。当然だ。向こうは一人じゃない。猫とか、アニメのイラストとか、どこかの山とか、平和なプロフ画像とふざけたアカウント名からは想像できない、容赦ない言葉が飛んでくる。

【人間のクズ】【捕まれ。世の中のためだ】【お笑い芸人？　全然存じ上げないのだが？】

【売れないだろ、こんなヤツ】【殺人犯に何言われても笑えない】【テレビに出るな！　あ、

元々出てないか】【初めてテレビに出るのは手配写真】

見ているうちに笑いがこみ上げてきた。

これって、めちゃくちゃ面白い状況じゃないか？　ネタになるよ。人殺しじゃないのに人殺しと言われ、事件を知らないのかと責められる。いいじゃん、笑える。

「ご来場の素敵な女性の皆様。この世で一番ムカツク言葉は何ですか？　当てましょう。それは『浮気』。ね、そうでしょ？　その浮気と書いて『うき』と読みます。浮気淳弥です」

「佐藤昌紀です」

「二人合わせてスレンダーズです」

「なあ、昌紀君、この前、俺、大変だったんだよ」

「ああ、人を殺してね」

「そう、人を殺してね。殺してないよ！」

「珍しいな、ノリツッコミか」

「ほっとけ。大変だったんだからちょっとその話させてよ。お前、言いがかりをつけてきた女性やってくれる？」

「いいよ」

ここで昌紀がその女性になる。

「ねえ、あなたこの事件知らないの？」

「うん、知らないね」

「わかった！　その無神経さは犯人ね！」

「いや、事件を知らない犯人っている？」

「いるわ！　あなたよ！」

「お前誰だよ。見た目はＯＬっぽいけど」

「これは変装よ。わたしは、有名な名探偵。謎が解けました。さあ、みんなを集めてください」

「どこに？　誰を？」

「みなさん、お集まり頂き、感謝いたします」

「あ、もうみんな集まったのね」

「ひき逃げの犯人がわかりました。ここにいる浮気淳弥です！」

「なんで？　名探偵なら説明してよ」

「あなたが事件を知らないことこそがあなたが犯人である証拠！」

「え？　そんな理屈ある？」

「わたしの名推理に驚いたでしょ?」

「いや、全然」

「ほら。ほら、早く」

「なに?」

「ここ、『くっそう!』って言って逃げるとこ。犯人は最後のあがきで逃げないと」

「それ、ドラマ観てていつも思うんだけど、逃げちゃうから名探偵の推理が多少強引でも、ああやっぱりこいつが犯人だったんだなってなるんだよね。逃げなきゃいいんじゃないの?」

「……確かにね」

「納得しちゃったね」

一ヶ月後、隅田さんが来てくれるライブでは、このネタをやろう。

目標が見えたら、次の瞬間にはネタ帳にしている大学ノートを取り出して、鉛筆を握りしめていた。ペンはダメだ。さらさら書けすぎる。シャーペンだと筆圧で芯がすぐに折れてしまう。三野・狩野はMａcを使っているが、俺はノートに手書きがいい。何か思いついたときは、パソコンを起動させる時間も惜しいからだ。

頭に浮かぶ会話をどんどん書いていく。頭の中で、昌紀の台詞は昌紀の声になる。昌紀がこのエキセントリックな女の役をやって髪を振り乱しているのが目に浮かぶ。

そうだ。この女の役だと、きっと昌紀は猫背をやめるだろう。髪を振り乱すと、昌紀の整った顔立ちが見えるかもしれない。そうなると、昌紀は人気が出るだろう。キモいキャラをやっているが実はイケメン、ではなくて、キモいキャラも女性役もやるイケメン、なら飽きられないかもしれない。

そうだ。このネタは俺たちの転機になる！

ノートが文字で埋まっていく。自分でも止められない。腹が鳴ってうるさくなってきたので、母ちゃんが冷蔵庫に入れておいてくれたサンドイッチの存在を思い出して、「いただきます」と手を合わせてからかじった。

食いながらも鉛筆は離さない。

もっと面白く。もうちょっと笑いの山を登れるはず。

これは、元カノの佐緒里の口癖だった。あいつは面白かった。

だんだん、頭の中の昌紀にツッコんでいるのが俺じゃなくて佐緒里になってゆく。俺のツッコミはどっちかというと叩き返す感じ。でも、佐緒里は一回ボールを受け取って、自分の身体の周りでくるっと回してから投げ返す感じだ。

「ねえ、あなたこの事件知らないの？」

に俺なら「うん、知らないね」と答えてしまう。でも、佐緒里ならきっと違う。

「あー、それって知ってた方がいいやつですかぁ?」

この反応に、相手はもっと苛立っていく。うん、いいぞ。佐緒里でいこう。

佐緒里は、一般的にいう、可愛い顔じゃない。絵が上手い漫画家が、美人の隣の『冴えない友人』として描きそうな顔をしていた。目が小さくて頬がぷっくり。鼻も目立たない。

佐緒里は、ブスいじりは受け入れていたけど、自虐ネタは絶対にしなかった。自分を可愛いと言い張って、「そんなこと思ってるのお前だけだよ!」とツッコませもしない。

「ちょっとわたしの友だちの話、聞いてもらえます?」

と観客に相談するスタイルで、個性的な女たちの生態を暴露する、というのが彼女のネタだった。特に、マウンティングしたがる友だちのネタにはやられた。

そんな佐緒里の最高傑作は、間違いなくあの日だ。養成所で同期だった俺たちの劇場デビューが決まり、みんなでポスター用の写真を撮ったあの日。

同期に、麻美《あさみ》という名の女子大生がいた。「自分の殻を破りたかった」という動機で芸人を目指したような、大人しい女の子だった。服装はいつも、昭和かよってスタイルのブラウスにロングスカート。でも、麻美は胸が大きくて脚が長かった。

麻美を前にしたカメラマンが、事務所の人たちに向かって言った。

「この子、脚見せようよ。短いスカート穿《は》かせて。胸も強調した方がいいし」

カメラマンは、目の前にいる本人を見もしないで、事務所の人と話す。

「脚、いいでしょ、脚。ほら」

カメラマンは、ことわりもなく麻美のスカートを引っ張りあげて脚を見せた。

「若いんだから、脚を見せた方が明るくなる」

脚を見せたらどうして明るいのか問いただしたかったが、何も言えなかった。三十分前にこのカメラマンのことを「たくさんの俳優さんたちを撮影している有名な方なんだぞ。撮ってもらえるのを光栄に思え」と紹介されたばかりだったからだ。

「麻美はそういうヤツじゃないんですよ。その服が麻美らしいんです」「そいつ、そういう冗談かわせないんで、やめてやってもらえます?」「あんた、麻美に会ってまだ二十秒だろ?　何そいつのことわかったみたいな言い方してんだよ」

心の中に言いたいことは幾つもあるのに、口から出ていかない。

麻美は知らないおっさんにスカートを引っ張られて固まっていた。でも、その手を振り払ったりしない。麻美も、こいつに嫌われるべきではないとわかっている。

今日だけだ、麻美。今日だけ我慢しろ。売れたらこんなヤツ、「顔も見たくないんで、他のカメラマンに代えて下さい」と言えばいい。

心の中でエールを送っていたら、佐緒里が「はーい、じゃあわたしも脚見せまーす」と進み出て麻美の隣に立った。佐緒里の身長は、麻美の胸くらいまでしかない。

佐緒里は穿いていたデニムの足首の辺りを引っ張りながら、「このくらいで明るくなりました？」と聞く。佐緒里の脚はむっちりしていて、元々デニムはパンパンだったから、引っ張っても二センチしか裾は上がらない。

カメラマンは、「何を言ってるんだ？」と「なんだこいつ？」が混じった顔をしている。

「脚、見せてみましたけど、明るさ、足りてます？　まだ暗いですか？」

「あ……」

カメラマンが困った顔をする。十分明るいと答えるのも、まだ明るさが足りないと言うのもばかみたいだと気づいたんだろう。

「あ、足りないです？　じゃあ」

佐緒里はデニムのボタンを外し、脱ごうとしている。カメラマンは「ああ、もういい。もういいよ。明るさは十分だから」と慌てて止めた。

「そっちの君も、スカート、そのままでいいから」

カメラマンは、麻美とも佐緒里とも目を合わせずに言うと、完全にやる気をなくした様子で、さっさと撮影を終えて帰っていった。

あの日の佐緒里は、めちゃくちゃかっこよかった。

白状すると、あれに惚れた。

麻美はそのあとすぐ、芸人を辞めた。送別会では、佐緒里を抱きしめて泣いていた。麻美が、「佐緒里にまで嫌な思いさせたよね、ごめんね」と言うと、佐緒里は、

「わたしみたいに生まれるとね、子どもの頃からいろんな目に遭ってるし、あれくらいなんでもないんだよぉ」

と答えた。それを聞いた三日後、佐緒里に告白した。

佐緒里の、あのやんわりした、でも厳しい切り返しを頭に思い浮かべる。

昌紀が演じるエキセントリックな女VS佐緒里。

空想の会話はどんどん広がって行く。

そのうちまとまらなくなってきて、浮かんだセンテンスだけ書き留めることにした。あとは、昌紀と相談して練り上げればいい。このネタは、あの濱中聡のお笑い理論の条件にも合っている。

自分が安全な場所にいて笑いをとろうなんて甘い。

この漫才は、俺自身が訳のわからないツイッタラーに叩かれて生まれた。きっと、ものすごい漫才になる。

バイトに出かけるギリギリまでノートに向かい、夕方になってからやっとパジャマ代わりのスウェットを脱いで着替えた。歯磨きとひげそりをさっと済ませ、寝癖は帽子を被ってごまかす。リュックに、ネタを書いているノートと、充電器から引っぺがしたスマホと財布を突っ込んで、家を飛び出した。

バイト先は、古着とリサイクル家具を扱うチェーン店だ。いくつかのバイト先で合わずに辞めた俺が、もう三年も続いている。それは多分、この職場が程よく広くて、四〜五人同時にシフトに入っていてもお互いに無関心でいられるからだ。

いつもと同じ雰囲気を期待して、店のロゴが入ったエプロンを着けると店舗に出た。シフトの終わりまで、売り場の掃除三割、客の案内二割、レジ二割、持ち込まれた物の仕分け二割やっていれば、あとの一割はサボってネタを考えていられる。

今日は特に、サボりたい。あのネタを追求したい。だからまず、掃除を終わらせようと掃除用具を持って売り場を移動すると、その先々でバイト仲間と目が合う。

なんだ？

いつもなら一人になれる棚の奥に行っても、その向こうから人が現れる。何か持ち上げて振り返ると、別の誰かと視線が合う。

「?」

客が減ってくる時間帯になって、バイトが三人、近寄ってきた。大学生の水原と、俺が心の中で桃太郎と呼んでいる人の良さそうなぽっちゃりフリーターと、バンドでボーカルをやっているという夏木果穂だ。

一番年上の桃太郎が口を開く。

「なあ、浮気くん、大丈夫なの?」

「なにが?」

「なんか、捕まるって話になってるけど」

「は? なんですかその話」

「いや……でも……」

「捕まるわけないでしょ。悪いことしてないし」

水原が探るように見る。

「昨日突然、ひき逃げ犯は浮気さんだって話が出て、そっからわーっと広がったから、俺たち心配してて」

「あれか。なんか、俺のこと知りもしないヤツらがどういうわけか騒いでるんだよね」

「知りもしないヤツ……っぽくはないんだけど。ネット見てると」

水原が同意を求めるように夏木を見た。

「高校時代の写真も晒されてるし、浮気君の知り合いじゃない？」

夏木の声は嗄《か》れている。昨日、こいつもライブだったのかな。

「高校の写真は見たよ。卒業アルバムのでしょ？　あれをアップした【真のお笑い好き】って、いつも絡んでくるんだよ。まあ、アンチ？　だから大丈夫」

かすれ声が言う。

「いや、卒業アルバムとかじゃないって」

夏木の声に、話が通じていない苛立ちが混じっていることに気づいて、俺は数時間ぶりにTwitterを確認した。

【#ひき逃げゆるせない】は驚くような盛り上がりを見せている。

高校時代の俺が、友人たち五人と遊んでいる写真があった。特に仲が良かったヤツらじゃない。高校時代の俺は調子だけよくて、呼ばれれば誰とでも遊んでいたから、そんな日の写真だ。この中の一人の家でゲームをしていたら別の友人が来たとかで、家から出て話をしていたんだと思う。俺たちは一台の車の前でふざけている。

【事故現場で目撃されたのって、この車?】という文章がついていた。

冗談じゃない。この車は、ふざけている五人のうちの、左端のヤツの父親の車だ。なんの関係もない。

その写真がアップされたわずか三十分後には、その車に俺が乗っているコラ画像が出回っていた。【この顔にピンときたら一一〇番】と書かれている。

高校にいたのは十三年前から十年前まで。その頃の高校生が使っていたのはガラケーだった。このとき一緒に遊んでいた誰かが、わざわざ昔のガラケーを取り出して、この、なんの記念日でもない、高校生がふざけているだけの写真を見つけ、ネットに上げたのだろうか。

「あ、話題になってるこいつ、知ってるわ。高校時代遊んでた。写真、どっかにあるはずだ。三時間くらい探したら見つかるんじゃね?」ってこと? こんなばかばかしい騒ぎに乗っかるために、時間と労力を費やした人間がいるのか?

そんな暇があるなら、ライブに来てくれよ。第一と第三水曜日、劇場に出てるから。

高校時代の仲間にはライブのお知らせをメールやLINEでしていた。最初は来てくれた友人たちも、だんだん足が遠のいている。面と向かっては言われなかったが、ライブの案内をする度、「またか」と思われているのを感じている。最近は、数ヶ月に一度、知らせる程度だ。

俺だって高校時代の仲間を思い出す機会は減っているから、向こうも無関心になるのは仕方ない。こっちも無関心。あっちも無関心。それならフェアだ。でも、こっちが存在も忘れていた写真を、俺がひき逃げ犯にされそうなときに突然出してくるってどういうことだ？「俺たち、友だちだろ？」なんて言うつもりはない。ただ、「お前、昨日まで俺のことなんか興味なかったろ？」と思う。

出来の悪いコラ画像を事故当時の写真だと信じ込んだ【まるみのママ】と、【勝手に写真をあげるのマズイですよ】と真面目な指摘をする【建設会社勤続15年】が険悪な雰囲気になっている隣で、【浮気って誰？　知らない】と【たれコアラ】が呟き、【いつも旅人】がわざわざ俺のTwitterを貼り付けて説明してやっている。

なんだこの世界？

しかもその世界の真ん中は、俺なんだ。

養成所に入ったばかりの頃、自分のキャラクターを決められなくて、Twitterで毒舌家ぶっていたことがある。当時の呟きを【だーちゃん】なる人物が掘り返してきた。

【時々、誰か車でひき殺したくなるよね】

あーーー、これはダメだ。

自分でわかる。いま、これはダメだ。

これは、ブラックなことを言うネタなんだ。ちゃんと前後のツイートを読めばわかる。

だから、ここだけ切り取っちゃダメだ。

錦鯉がいっぱいいる池に餌を投げ込んだみたいになる。少し前まで優雅にゆったり泳いでいた鯉たちが、うわーっと寄ってきて本性を現し、大口を開けて他の鯉を押しのけてでも餌を食べようとしている。

【浮気って俺、知ってる。そういうこと言いそうなヤツ】

お前、誰だよ。

【わたしも昔、一回飲んだことある。心の底は冷たい人間だって感じた】

一回飲んだくらいで俺のこと語ってんじゃねーよ。

【スレンダーズって、『うわきって書いてうきって読みます』がネタのヤツね】

【え？　それ芸人になっても言ってんの？　専門のときの合コンから進化してねー】

うるせー。

【この名字のおかげで誰でも憶えてくれるし、親には感謝してるっす】

その口調、どう考えたって俺じゃねーし。

【あの事故、轢《ひ》いた高校生が車を停めて、被害にあった子の親に暴言吐いたんだって。

【「自分の子どもぐらい、ちゃんと見てろ！」って】

おいおい、目撃者もいたのに、車停めてこんなにガッツリ喋ったら顔憶えられてるって。

【二十代後半になっても売れない芸人が、病んで、子どもをひき殺して逃げたってことで、おけ？】

ちゃんと記事読めばーか。事故は十年前だ。

【浮気って書いてうきって、前、バイト先にいたかも。カラオケ店】

これは俺だ。こういうとき、この名字が恨めしい。印象に残りすぎる。

【俺の知り合いの友だちが浮気とおんなじ高校だった。あいつ、高三で免許取って、学校では禁止されてるのに運転してた】

いや、免許は取ったよ。でも、運転はしてない。てか、『知り合いの友だち』って何だよ。普通は『友だちの知り合い』じゃねーのか。『知り合いの友だち』だと、関係が一旦薄くなってまた濃くなってるよ。なんだよ。

【こういう顔、嫌い】

お前こそ、顔見せろ。

【サルっぽい】

ああそうですよ。ウッキーってあだ名でしたよ。

【たまにキメ顔なのがキモい】

たまにだろ……。

【過去ツイ見てきた。同期の芸人のこと全然褒めないのな、こいつ。嫉妬の固まり】

……すげぇな。お前、ＦＢＩのプロファイラーか何かか？

【三野・狩野の同期？　三野・狩野は面白い】【あいつらは売れる】【関西と関東の食べ物のこだわりとかネタにしてる奴らでしょ？　あれは笑える】【え？　見たい！】【悲報。浮気、ますます三野・狩野に差をつけられる】【売れない芸人→一生フリーター→雇い止め→ホームレス】【芸人ってやっぱり才能？】【プラス努力】【どっちも足りないのか、こいつ】【予想だが、かなり自意識過剰】【二十八でしょ？　夢見るのはイタイ年齢】【親は泣いてる】

ありきたりな言葉も、集団で押し寄せると強力だ。

【想像してみました。じぶんならどうするだろうって。一瞬、怖くて逃げちゃうことはあるかも。でも、何年も逃げるなんて無理。罪悪感で死にそうになる】

あんた、きっといい人だよな。正直で、真面目で。なのに、俺を責めるのか。

【普通の人間なら罪悪感を持ちます。あいつは普通じゃないってこと】【きっと、誰かに責任転嫁できるタイプ。俺は悪くない、道にいた子どもが悪いって】【そんな人、関わりたくない】【早く刑務所行ってくれ】【出て来るな。誰もお前が存在することを望んでない】

誰も……。

悪……。

【生きていることが悪】

【人殺し】

【殺人犯】

――え。

【人殺し】

【人殺し】

【殺人犯】

――そうか。

俺はひき逃げを疑われてるんじゃない。人殺しだと思われてる。

殺人犯だと思われてる。

女の子が車にはね飛ばされる嫌なイメージは、なんとなく浮かんでいた。そのイメージがすり替わる。道に女の子が立っている。まだ六歳になったばかりの美鈴ちゃん。

美鈴ちゃんが立つ魔のカーブに、俺もいる。

俺は彼女に近寄って、小さな顔の下に付いた細い首に手をかける。美鈴ちゃんが嫌がって身をよじる。それでも俺は首を絞め上げる。美鈴ちゃんが泣き叫ぶ。でも、俺は首を絞めていく。

美鈴ちゃんの顔が赤くなり、頰に不自然な赤い斑点が出る。涙が目に滲むが、声は出ない。息ができないから。

俺は絞め続ける。骨が折れる感触が手に伝わる。

美鈴ちゃんの顔が青ざめていき……身体が冷たくなる。

俺はそのぐったりした身体に興味を失い、ぽいと捨てる。

——殺人犯って、そういうことするヤツのことだろ?

俺が、それ? ——そうなのか?

一時間、スマホを見つめ続けた。むさぼるように、書き込みを読み続けた。

「お客さん来たから」と桃太郎に声をかけられ、顔を上げたときには、世界が変わっているのを感じた。全体が埃を被っている。ここがリサイクル店だからか?

いや、違う。桃太郎も、水原も夏木も、全部が埃を被っている。

こっちを見ている。

でも、その目と俺の視線が交わっても相手の意思が見えない。焦点がぼやけているみたいだ。

声が聞こえる。

「レジ頼むよ」「お客様ご案内して」

何でもない言葉も、耳に届く前に何かがまとわりついて、ストレートに入ってこない。言っていることは理解できるのに、ものすごく不安だ。言葉通り理解していいのかがわからない。「こっちお願いします」なんて丁寧に言いながら、本名を隠したネットの中では【氏ね】とか書いているのかもしれない。

埃を被った世界で、道に迷っているようにフラフラ仕事をこなす。客を案内し、頼まれた商品を棚の上から降ろす。

手に埃がついた。その埃が身体の中に染み込んでいく気がする。

騒々しい足音が棚を廻ってくるのが聞こえる。何事だ？　何が起こってる？

棚の向こうから現れた若い男の客が、こっちを指差した。

「マジでいた！　ひき逃げ犯！」

男のツレが三人、集まってくる。前からも、後ろからも。こちらに向いた目は、全く俺を責めていない。むしろ、嬉しそうだ。公園に集まるたくさんの鳩の中に、場違いに交じった珍しい一羽を見つけたみたいに。

俺は、手に持ったトースターを目の前の女の客に差し出す。客は、それをついさっき俺に降ろすように頼んだくせに、トースターじゃなく俺を見ている。訳がわからない、という顔で。

ですよね、俺だって訳がわからないんですよ。

若い男がスマホをこちらに向けてシャッターを切った。

それを見た女の客の顔が、「訳がわからない」から、「あ、そういうことか」に変化していく。驚きで目が見開かれ、限界まで開いたところで、そのままゆっくり、表情が「この男、赦してはいけない」に変わる。

俺はトースターを持った手を、彼女の方に更に突き出した。近寄らなかった。彼女がそれを拒否しているのを感じたから。

でも、彼女は突然、叫んだ。

いやぁぁぁぁ！

突然、目の前の埃が消えて、はっきり世界が見えた。

間違っているのは俺なんだ。

俺は人殺しで、生きていることが悪なんだ……。


桃太郎が見かねて、バイトを一時間早めに上がらせてくれた。家に戻る気分になれず、昌紀のバイト先のファミレスに向かった。

俺は、母ちゃんから「これ、お年玉」と言って封筒を渡されたらいつまでも貰う。かっこ悪いのはわかっている。それでも、俺は自分を上手に騙す。「ここで受け取らないと、母ちゃんをがっかりさせるし」

昌紀は、それができない男だ。

東大を出た息子が就職せずにお笑い芸人になると言い出したら、応援する親って世間にどれくらいいるんだろう？　たぶん、百人に一人よりも少ない。当然、昌紀の親は一人の方じゃなくて九十九人の方だった。激怒して、「これまでお前にかかった学費を返せ」と言ったという。

昌紀はそこで謝ったり、「頑張るからしばらく見守って欲しい」と頭を下げたりしなかった。昌紀は本当に学費を返すことにした。みんなが貧乏な若手芸人の中でも、昌紀が群を抜いて金に困っているのは近くにいて感じる。

昌紀は風呂無しのアパートに住んで、ファミレスと、通信教育の採点と、掃除のバイトをして食い繫いでいる。

掃除のバイトは、キツイけど時給がいいから。採点はちょっとした空き時間にでもできるから。ファミレスは賄い目当てだ。賄いなら、個人経営の店の方が色々と融通してくれそうな気がするのだが、昌紀は人と深く関わるのが苦手で、ファミレスくらいの距離感がちょうどいいらしい。

俺にとっては、昌紀が上がるくらいの時間を見計らって訪ね、ネタの打ち合わせができるから、昌紀がファミレスで働いているのは都合がよかった。

昌紀は、俺が約束もしていないのに現れたのでちょっと驚いた顔をした。

「俺のバイト、まだ二時間残ってるけど」

「いいよ。ネタ書いて待ってる」

「いいの、出来そうか?」

「うん」

昌紀は目を輝かせて、「楽しみにしとく」と言って仕事に戻っていく。その姿を見ておしぼりで手を拭いたら、急にすっきりした。

思った通りだった。昌紀はこの騒ぎを知らない。

昌紀は、いまでもガラケーを愛用している。「どうして？」と聞かれるのを百回くらい目撃した。昌紀はその度に言う。「特に理由はないです」

買い換える金がないせいもあると思う。でも、スマホの方が通話無料のアプリを使えたりするわけだから、多分、「金がない」で全て説明できることじゃない。でも、俺は「これが昌紀」と思ってきた。そしていま、昌紀がガラケーユーザーで、つまりはＳＮＳから離れたところにいてくれて感謝している。今日の俺には、状況を整理する冷静さが必要だ。だから、ネットの騒ぎの外にいる人と話したい。

二時間の間、とてもネタを書く気持ちの余裕はなかった。ただ何度もドリンクバーに行ってカップに熱い飲み物を満たし、吹いて冷ましては身体に流し込んだ。

俺は、バイトが終わった昌紀に、起きていることを一から説明した。昌紀は黙って聞く。ノーリアクションなのではない。昌紀が疑問を差し挟みたくなるような、理解できないことが何も無かったのだ。

「そんなことになってたのか」

「ああ。あっという間に」

「でもまあ、誤解なんでしょ？」

「うん」

すんなり否定できてほっとした。そうだよ。俺はひき逃げなんてやってない。

「なら、この波が過ぎるのを待った方がいい。いまは何をしても叩かれる」

SNSに無縁だといっても、昌紀がシステムを理解していないわけじゃない。単に『関わらないようにしている』だけだ。もちろん、世の中の真面目なニュースにも俺より詳しい。

「あんまり過激なことを書けばアカウントは凍結されるし、やっていないことをやったと騒いでいる人は、こちらがその気になれば名誉毀損で訴えることもできる。最近、そういう訴えも増えてるみたいだからね。しばらく様子を見て、必要ならそれも考えればいい」

「……わかった」

昌紀と話しているうちに、どんどん落ち着いてきた。身体に感覚が戻ってきて、猛烈な尿意を感じる。

「トイレ」

そう言って慌てて立とうとする俺を、昌紀が笑いながら見ていた。

トイレを済ませ、盛大な水音を立ててゆっくり手を洗う。

そうだ、誤解なんだ。いざとなったら名誉毀損で訴えればいいんだ。

俺の過去のツイートにはマズイことも書いてある。でも、それだって昌紀が言う通り、波が過ぎるのを待てばいい。あとからちゃんと、「あれはネタです」とか、「芸人なのでブラックなことを言ってインパクトを残したかったんです」とか説明すれば済むんだ。

大丈夫。みんなも落ち着けば、きっと理解してくれる。

あれさえ世の中に出なければ大丈夫だ。

まさか、いまでもあれの存在を憶えているヤツはいないよな?


三日後、三野・狩野が濱中さんから伝言を預かってると連絡してきた。

「寒いから鍋が食べたいんだ。いい店を教えてもらったけど、鍋は大人数のほうがいいから、スレンダーズも呼んでくれ」

濱中さんらしい。「トラブルになってるみたいだから心配してる」とは決して言わない。優しさが沁みる。

呼ばれた店には、広めの個室が用意されていた。三野と狩野と俺と昌紀と濱中さんが座っても余裕がある。濱中さんは俺と昌紀の顔を見るなり、「おお」と久しぶりに会う親友を迎えるみたいに手を上げた。この笑顔は、俺が子どものときテレビで観ていたのと変わらない。ただあの頃と違って、いまは濱中さんの笑顔の形に入った皺が、「おお」のあとも顔に漂い続けている。

『理想の上司ランキング』上位常連の濱中さんが、俺のためにこんなにいい店を予約してくれた。それだけで、いつの間にかゴリゴリに入っていた肩の力が抜ける。

「今日はお誘い頂いてありがとうございます」

俺が言うと、照れ屋の濱中さんは「そんなのはいいから」と手を振って真面目な雰囲気を追い出す。

「俺は自分が食べたい物を食べるから、お前らも好きに頼めよ。昌紀は魚以外な」

濱中さんは、メニューを見ながら、「お、これいいな」とか、「先週美味いカレー屋見つけたんだよ」なんて話をして、俺が何か相談してもしなくてもいい雰囲気を作ってくれている。でも、だからこそ知らん顔はできない。乾杯が終わるのを待って頭を下げた。

「ご迷惑をおかけしています」

「別に、俺は何の迷惑もかけられてないよ」

「でも、お騒がせしてるので」

「まあ、みずきさんは心配してるみたいだった」

濱中さんが言うと、三野と狩野がやたらと頷《うなず》く。

「それより、お母さんやお姉さんが困ってるだろう?」

濱中さんは、ちゃんと俺の家族構成まで覚えていてくれる。

「……こっちからは連絡してないんで、何も」

「すぐに連絡しろよ。迷惑がかかってるかもしれないだろ。俺なんかに謝ってる場合じゃないぞ」

「でも……何て言えばいいのか……」

「こっちは元気だからとか、それだけでもいいんだよ。母親っていうのはそれだけで安心する」

濱中さんも、子どもの頃に父親を亡くしている。だから、俺も父親がいないと知ったときから俺を気にかけてくれているし、母ちゃんのことは、会ったこともないのにもっと気にしてくれている。

「それで、お前はどうしたい？」

真面目な濱中さんの声にドキッとする。

「どう……とは？」

「会社から『浮気は事故とは関係ありません』って公式に発表してもらうこともできると思う。そこまでしたいか？」

「……」

『会社』という言葉には硬くて冷たい手触りを感じる。それは、俺が『会社』つまり所属している事務所に貢献していないからだ。濱中さんのギャラの何割かは、会社の取り分になる。濱中さんが稼いだお金で何人もの社員の給料が支払われているはずだ。でも、俺の芸人としての年収は、事務所のライブの出演料と、たまに呼んでもらうイベントの出演料を合わせてコンビで六十万くらい。そこから半分が、マネジメント料として事務所に入る。つまり、俺がいることで事務所に入っているお金は、雀の涙だ。そんな状態で会社に手間をとらせるのは気が引ける。

それに、芸人として『会社からの公式発表』で問題を解決するのはしゃくだった。芸人ならこれも笑いにする方がきっと得だ。

「そこまでしなくて大丈夫です」

俺が言うと、三野と狩野がほっとしたように、「誰も本気でお前が犯人やなんて思ってないよ」「所詮、ネットの中のことだもんな。無視すればいいんだよ」と言った。

二人もきっと計算したはずだ。三野・狩野のファンには女子高生が多い。あの子たちは『事務所の公式発表』みたいな堅苦しさを嫌う。三野も狩野も、ファンの腰が引けるのは避けたいんだろう。

「俺、この騒ぎをネタにする予定なんで」

俺が言うと、濱中さんの表情が、灯《あかり》がともったように明るくなる。

「いいじゃないか、どんなネタだ？」

俺は、サワリだけ説明した。濱中さんはすぐにアドバイスをくれる。

アイディアを考えている濱中さんは本当に楽しそうだった。この人は根っからお笑いが好きなんだ。

「俺は、浮気のこと応援してるんだよ」

濱中さんが言う。狩野がせっせとお酌しているせいで、濱中さんのグラスは常に焼酎のお湯わりで満たされていて、お酒に強くない濱中さんはほろ酔いだった。

「憶えてるかどうかわからないけど、浮気と最初に会ったのは、養成所の面接だった」

もちろん憶えてる。専門学校卒業後、コントをやってみたが上手くいかなくて行き詰まっていた俺は、いまの事務所の養成所を受けた。面接官に濱中さんがいた。

濱中さんは三野・狩野に説明する。

「浮気はな、お父さんが十歳で亡くなって、それからはお母さんとお姉さんと三人で暮らしてきた。俺も似た境遇だからわかったんだよ。これまで経済的に我慢した分、いい思いがしたい。いいマンションに住みたい。いい車が欲しい。母親に活躍しているところを見せたい。家も建ててやりたい。そんな気持ちなんだろうなって」

これを言われるとちょっと辛い。車とかマンションとか家は、いまは俺の夢だ。でも、あの頃は挫折と失敗続きで、具体的な夢はもう見られなくなっていた。憧れの濱中さんが「そうなんだろ?」と言ったから、「そうです」と答えただけだった。でも、濱中さんの前でそう答えたおかげで、俺は夢を見るのが恥ずかしくなくなった。俺に夢をくれた濱中さんには、感謝している。

濱中さんが「そろそろ鍋にしようか」と言ったので、狩野がすぐにお店の人を呼んだ。個室の襖が開け放たれ、店の人が鍋と具材の載った皿を運んできてくれる。それと同時に今年養成所を出たばかりの若手が四人、入ってきた。濱中さんが呼んでくれたらしい。

「俺が話したいことは以上。あとは楽しくやろう」

と濱中さんが言う。俺より下の連中ばかり呼んでくれたのも、俺を気楽にする気遣いだ。俺は、濱中さんのパスを受け取って立ち上がる。

「では、今日は倒れるまで飲みたいと思います!」

ジョッキを高く掲げた。後輩が拍手してくれて、昌紀と目が合った。昌紀もほっとしている。

そのとき、店の入り口の方でわっと空気の圧力が変わったのを感じた。若い女性の

「嘘！」「すごい、会っちゃった」という声をひそめた興奮が伝播してくる。その先に、佐緒里がいた。

三人組の二十代の女性が、胸の前で小さく拍手しながら佐緒里に言う。

「すごーい、近くで見てもかわいい！」

「ありがとー」

佐緒里の余裕の返しは、ハリウッド女優みたいだ。

「本当にすっぴんはあんな感じですか？」

「そうだよ」

「今日のアイシャドウって、最新の動画で紹介してたやつ？」

「そう！　見てくれて嬉しー！」

佐緒里の声は、俺が知っているより高い。佐緒里は女性たちと笑顔いっぱいで話したあと、こちらに向かってきた。

「濱中さん、前に事務所に所属させて頂いていた松本佐緒里と申します。近くでたまたま飲んでて、濱中さんがこちらのお店にいらっしゃるってTwitterで見たのでご挨拶だけさせて頂こうと思って」

佐緒里は緊張した様子で、濱中さんに向かって頭を下げた。

「もちろん、憶えてるよ。最近、随分変わったってな」

「はい。実家でメイク動画とかやってまして、可愛くなりました」

佐緒里は「嘘吐きメイクちゃんです。今日も嘘の吐き方教えます」とYouTubeでやっている決まり文句を言った。

三野と狩野も「すげーよ、可愛くなった」と興奮している。昌紀も、「信じられない」と思っているのが丸わかりの表情で佐緒里を見つめている。

佐緒里の目は驚くほどぱっちりし、鼻筋は通って見えた。顔も身体も、半年前より随分ほっそりしている。【嘘吐きメイクちゃん】の動画によると、全部錯覚らしい。

佐緒里の細い目は、寝起きには更に細くなった。むくんだ上瞼に押しつぶされるせいだ。布団の中でごそごそしながら、俺は、

「ねえ、佐緒里、起きろよ」

と言う。

「起きてるよ」

「でも、目が開いてないよ」

「開いてるよ」

「開いてないよ。目、見えないもん」

「こ・こ・に・あ・り・ま・す！」

くだらない言い合いをして、だらだらするのが好きだった。同じくらい、佐緒里の細い目も好きだった。覗き込んだ人間だけがその奥のキラキラを見られたからだ。

でも、いまここにいる彼女は、誰にでも可愛いと思われる顔をして、みんなに受け入れられている。

濱中さんが言った。

「変わったのは、顔より立場だろ。注目されてるってな。おめでとう」

佐緒里の顔がくしゃっとなる。

「やめてくださいよぉ、つけまつげとれちゃう」

佐緒里の低い地声が響いた。

3

サインを求められた経験は、人生で七回ある。最初は劇場で。弁当を運んでくれるおばちゃんが、「ね、新人さんよね、サインして」と言ってくれたのだ。

「わたし、ここで初舞台踏む芸人さんたちみんなにサインしてもらってるの」

人のいいおばちゃんは、『みんな』にサインしてもらっていて、『俺の』サインが欲しいわけじゃないと自分でばらしてしまったわけだけど、それでも嬉しかった。

一度は居酒屋で。濱中さんに連れて行ってもらった店で濱中さんがサインを求められ、「書くから、こいつにも書かせてやって」と俺にもサインさせてくれたのだ。あとの五回は、劇場で出待ちしている人たちだった。

俺の七枚のサインのうち、何枚がいまでも残っているのだろう。

本当に大好きな人のサインなら、それを持っているだけで勇気になる。それを見るだけで辛い気分が薄まる。嫌な今日より、楽しいことが起きるかもしれない明日に目が向く。

ファンってそういうものだ。

そして、ファンを持つ人たちは、そのくらいのパワーを他人に振りまきながら生きている。

特別な彼らは、何か食べるだけで、笑うだけで、照れるだけで多くの人の心を動かす。彼らの喜怒哀楽が、ふくれあがりながらファンの中を伝播していく。

佐緒里はいつの間にかそんな特別な存在になっていた。

佐緒里のTwitterによると、佐緒里は今日、栃木の実家からどこかのアウトレットへ出かけていて、そこで新しい服を買うという。彼女が自分の今日の行動を告げると、全国から反応があがる。

【どんな服か見たい！　買ったらアップして】

【また洋服に合うメイク教えて！】

【期待してます】

【そのアウトレット、うちから行ける。来週、嘘吐きメイクちゃんが行った店、訪ねるツアーやる】

【今日は仕事早く終わらせて、嘘メちゃんの動画見る！　それを目標に頑張る！】

佐緒里の一日が、多くの人の一日になっている。

俺は、一人でかくれんぼをしている気分になる。一緒にかくれんぼをしていたみんなは、とうにかくれんぼをやめてままごとを始めていて、佐緒里はその中で中心となるお母さん役を演じている。家族は出来上がって、人気がある子ども役やお父さん役はとっくに決まり、みんなが嫌がるおじいさんとおばあさん役にも誰かが収まった。隣の家族も形成されつつあり、「犬の役でもいいから！」と懇願して遊びに入れてもらうにはもう数分の猶予しかない。なのに俺はそのことに気づいていなくて、まだみんなでかくれんぼをしていると思い込んで隠れている。

「みんなもう見つかったんだろうなぁ。俺が優勝だな」

なんて能天気に考えながら。

そうなんだ。俺の半年と佐緒里の半年は同じじゃなかった。佐緒里の半年の方が、圧倒的に長かったのだ。

俺がかくれんぼをしているうちに、佐緒里は新しい遊びを始めてその真ん中に躍り出た。

そんな佐緒里にとって、俺はもう過去の男だ。その証拠に、佐緒里は昨日、俺に「久しぶり」と平気な顔で言い、「大丈夫？」と本気で心配までしてくれた。別れる前にした子どもっぽい喧嘩なんか忘れたようだ。

そして、最初の緊張が解けたあとは濱中さんと対等に話し、話のキリを見つけて「それでは、友人を待たせていますので失礼します」と言って華麗に去っていった。

そのとき実感した。俺の人生は、他人の好意の上に成り立っている。

昌紀が、「もうこんな生活嫌だ。ピンで仕事がしたい」と言い出せば、俺には止めることはできない。昌紀が「コンビでやりたい」と言ってくれているからいまがあるだけだ。濱中さんが「これ以上お前の面倒を見る時間はない」と言い出せば、悩みを聞いてもらうこともなくなる。濱中さんは忙しい人だ。俺の心配をする義務はないし、俺の面倒を見たところで得も無い。

みずきさんが「もうあなたたちを売るのに疲れたのよね。これからは他の子に期待する」と言い出したら、できるのは「見捨てないでください」と頭を下げることくらいだ。

母ちゃんは、たまに「今月はパートにたくさん入れたから」と言って俺の銀行口座に振り込みをしてくれている。それだって、重荷になったらやめればいい。

人間関係は、強い方が弱い方を切る。逆はない。

俺にはいま、自分から切れる人間はいない。ただ、人から切られないように祈るだけだ。

どうすればいい？　どうすればこれを抜け出せる？

俺には何がある？

駅から遠い、古いアパートの狭い部屋。しかも賃貸。

洋服。ほとんどが先輩芸人からの貰い物。

本とブルーレイディスクが少し。

かろうじて首が繋がっている事務所。

二週間に一度、舞台に出る権利。

芸人としてのわずかな収入。

俺が辞めたって、すぐに代わりは見つかりそうなバイト先。

――せっかく濱中さんに励ましてもらったんだから、頑張ってネタを作るべきだとはわかっていた。でも、どうしようもない不安で手に付かない。

階下のおっさんが、壁を蹴りながらぶつぶつ言っている。勘弁してくれ。これ以上俺を不安にさせないでくれ。俺はあんたみたいになるのが怖いんだ！

気づくとスマホを手に取っていた。

理由はない。頭の中がまとまらなくなってくると、反射的にスマホを握ってしまうのだ。でも、Twitterは見るべきじゃないとわかっていた。ひとまずLINEをチェックする。

姉ちゃんから長い文章が届いている。

【昨日職場で、弟さん大丈夫ですか？　って言われたんだけど。それも、『巻き込まれて大変ですね』って感じじゃなくて、『逮捕されちゃうんでしょ?』って感じ。なんとかしてよ。ちゃんと、『俺じゃありません』ってもう一度Twitterで宣言して。こういうことは放っておかない方がいいよ。Twitterのトラブルに芸人仲間は詳しいんじゃないの?どうすればいいか相談したら? こっちまで影響が来るのは困ります。こっちは真面目な仕事なので、笑って済ませるとかできないんです】

書いて送ってはまた怒りが湧いてくるんだろう、姉ちゃんのLINEは数十分に一度の割合で送られている。内容は全て「何とかしろ」だ。

『放っておけ』と言う人がいる。何を言っても叩かれるからと。それは本当だと思う。でも、『反論しろ』と言う人もいる。このままじゃ肯定しているのと同じだと。それも本当だと思う。そう、どっちに行っても騒ぎは収まらないのだ。

こんなに俺を困らせて何がしたいんだ? と思う。元々崖っぷちにいる俺をもっと追い詰めて何になる?

この騒ぎのせいで俺に嫌気が差して、みんなが一歩引くだけで、俺なんかすぐに切られる。孤立無援だ。

俺は、不安と暇が一緒に訪れたときにやることをした。スマホで、不倫スキャンダルで叩かれている俳優Aを検索する。Aの名前を入れると、予測ワードとして【キモい】

【自分より二十歳若い女に行くのが、精神的に成熟してない感じ】【昔はちょっと好きだったけど、もう見たくない】

【明らかに整形だよね】【髪型ムリ】【喋り方が嫌い】【不倫相手の胸、

【棒演技】【歴代彼女】が登場する。それを順に見ていく。

四方八方から、攻撃が飛んできていた。パンチもあればミサイルもある。

読んでいると心が落ち着いてくる。放っておくべきか、反論するべきか、反論するとすればどうすればいいのか——考えたって答えはない。迷って、考えて、一番いいと思うことをしたってきっと叩かれる。そして、迷って考えた分、俺は後悔する。

「あんなに時間をかけたのに、俺は最良の答えを出せなかった……」と。

だったら、考えない方がいいのだ。俳優Aの不倫は、考える必要がない。彼が悪い。それで世の中が一致しているからだ。頭を使わず、彼を責めればいい。なんて楽なんだ。

【俳優の不倫って、これまでもたくさんあったけど、なんかこの人のが一番嫌悪感】

わかるよ。本人がちょいちょい奥さんの話とかしてたのがまた嫌なんだよな。

【いまの写真、がっかり。劣化した】

そうだよ。あの皺と頬のそげ方。悪い生活してそう。

【相手の女、絶対財産狙い】

そんな感じ。派手な服がまた、印象良くないよね。

【いまムカつく二人。こいつと、ひき逃げ犯の浮気淳弥】

え。

【浮気って、中学の卒業アルバムに『みんな、将来は俺にひれ伏せ』って書いたらしい。センス悪い】

――誰が卒業アルバムの文章を表に出した？　てか、俺、そんなこと書いたか？　書いたような気もするけど……。

腹の中で何かがざわわ動いて、口に向かって逆流してくる感じがする。耐えられなくなって、Twitterで自分の名前をキーワード検索にかけた。

目を背けていた間の、おびただしい投稿が目を射る。

【新証言。『昔事故って、それ以来車は運転しないようにしている』って、専門学校時代、言ってたらしい】

違う。これは、同級生だった渡辺の話だ。

【東京マスメディア情報専門学校マスコミコース卒業。同級生の記憶にないくらい、存在感なかったらしい】

【こちら、高校時代の写真になります】

【専門学校出たあと、このコント集団にいたんだって。友だち情報】

【このコント集団に抗議した方っています？　いたら、どういう返答だったか教えて下さい。今後、このコント集団の舞台を観るべきか考えたいです】

【悲報。コント集団、『過去に在籍したメンバーに関してはお答えしかねます。また、辞めたメンバーの中には何年も連絡を取っていない人間もおりますので、現在のメンバーのSNSに連絡をいただいても本人を知らないことも多いです』と発表。浮気氏、存在を消された模様】

【現所属事務所にはもちろん抗議したよね？】

【もちろん。電話もつながりにくかったから、ひとまずメール送っといた】

【高校時代に書いたラブレター発見。『君に振り向いてもらうためなら何でもします』。何様？】

【君に振り向いてもらうためなら、女の子ひき殺します】

【ヤバ】

【最低】

【こんな男に惚れられた女の子、可哀想】

【みんな逃げて。浮気が来るよ！】

不思議だ。世界中が俺のことを話している。少なくともそう見える。俺が何も考えたくないときにするように、みんなが俺の人生をガムみたいに噛んでいる。味が出なくなるまで、少なくとも時間は潰せる。

誰かが必要としている。安心して叩ける相手を。

いまは俺なんだ。

いま、みんなが俺を噛みしめ、味わっている。

人生でなかったほど、俺という存在がみんなに影響を与えているのだ。

そう考えたら、これまでと違う発想が湧いてきた。

この騒ぎを利用してやる！

フェイクニュースを流したヤツを見つければ、話題沸騰だ。

いい大学を出ている人間は、メモの取り方が上手い。というか、いい大学に入るための受験勉強をした人間は、自分なりに考えをまとめる方法を持っている。だから、メモが上手いのだと思う。

昌紀はその良い例だ。

昌紀はネタを考えるときも、Ａ３の白紙の紙を一枚用意する。そしてその上に、問題点とか、面白いところ、発展すべき箇所を短い言葉でどんどんメモしていく。

ノートを何ページも使ってメモをすると、結局頭の中は整理されないらしい。一目で見える範囲に全て書き出すからこそ、何をすべきかが見えるんだそうだ。

俺もマネしようとしたことがある。でも、頭に浮かぶもやもやを短い言葉でどう表現すればいいかで躓《つまず》いて先に進めなくなった。そのくらい、昌紀と俺の頭の作りは違う。

そんなわけで、俺は昌紀を部屋に呼び、昌紀はA3の紙を持ってやって来た。

我が家の食卓であり、デスクであり、物置でもあるこたつの上に、昌紀が紙を置く。昌紀は、『発信源』と紙の真ん中に書いた。

「問題はこれだ。最初にお前の名前とこの事件を結びつけた人間が誰なのか」

「自分でできることはやってみた」

俺は、スマホの画面を見せる。

「【リーサ】が『くるみちゃんが今日、天国に旅立ちました』とツイートしたのが二月五日の十五時二十六分。そのあと、最初に俺の名前が出てくるのがこれなんだ」

【このひき逃げ事件、犯人が、お笑い芸人スレンダーズの浮気淳弥だって噂を聞いた

#ひき逃げゆるせない】

スクショを保存しておいたこのツイートは、【西東京の住人】なる人物のもので、【リー

サ】のツイートと同じ日の十七時三十八分に投下されている。

「【リーサ】のツイートの約二時間後だな。もう【#ひき逃げゆるせない】は盛り上がっていた」

昌紀はA3の紙に、『十七時三十八分』と、ツイ主の名前【西東京の住人】をメモする。それを見届けてから説明する。

「この【西東京の住人】てアカウントは作ったばっかりで、このツイートの前には何も呟いてない」

「つまり、【西東京の住人】は、お前を犯人にするために出来たアカウントだってこと?!」

「普通はそう考えるよな。でも、よくわからないのは、なんのためにこんなことしてるかだ。悪ふざけにしては、こいつはあんまりみんなを煽ってないんだ」

俺は昌紀に、まとめサイトで【西東京の住人】のツイートを見せた。

【お問い合わせにお答えします。噂を誰から聞いたのかはお教えできません。地元の人なら特定できる可能性があるので、その方にご迷惑をおかけしたくないのです】

【自分は浮気さんと同じ地元じゃありません。でも、芸人として知っています】

【補足します。自分が聞いた噂というのは、あの悲劇的なひき逃げ事件の犯人は、目撃者の証言通り高校生だと地元で言われていて、地元の人たちが何とか解決したいと努力

され、色々と聞き込みをなさった結果、浮気さんの名前が浮上したというものです】
その後も、【西東京の住人】はしばらく質問に答えていたが、【仕事に差し支えるので
これ以上続けられません】というツイートを最後に、次の日にはツイートを消してアカ
ウントも削除していた。つまり、【西東京の住人】は俺への攻撃が始まった夜の間いっぱ
い存在して、次の日には消えている。
「どう思う？」
俺が聞くと、昌紀は数分黙って考えてから口を開いた。
【西東京の住人】は、淳弥が言う通り、煽ってない。それに、文章も上手く出来てる」
「上手く出来てる？」
「お前が犯人だと断定していないし、疑わしいという自分の考えも書いてない。単に噂
を聞いたと言っているだけだ。これだと、名誉毀損に問うこともできない」
「名誉毀損に問えないように……上手く文章を書いてる？」
「そう」
「え？　この人、頭いいってこと？　そんな人がなんでこんなことすんの？」
昌紀は言いにくそうな顔をする。
「なんで？」

畳みかけると、昌紀が口を開いた。

「悪意があるのかもしれない。お前に」

「俺？」

「お前を困らせたいとか、お前に嫌がらせしたい人に心当たりある？」


悪意……。


俺のライブを見て、「なんかムカつく」と言った女子高生はいた。でも、それは悪意じゃない。悪意があるほどの人間って誰だ？

「三野と狩野は、俺のこと気に入ってないと思う」

「……そうかもしれないけど……ここまではしないだろ」

そう言いながらも、昌紀は紙の上に小さく三野と狩野の名前を書いた。

「あとは……下の階の、一〇一のおっさんとは時々トラブる。うるさいって怒鳴り込んでくることがあるんだ」

昌紀が『一〇一の人』と書く。

順に思い浮かべてみる。いまのバイト先の人たち、過去のバイト先の人たち。養成所仲間。専門学校の人間。コント集団で出会った人。言い合いくらいはしたし、考え方が合わなかった人間も、なんとなく話が嚙み合わなくて仲良くなれなかった人もいる。でも、そんなことくらい誰にだってあるはずだ。

「悪意って言うとな……さすがにあんまりないんだよな」

頭を抱えるうちに思い出した。

「そうだ。ずっとTwitterで絡んでくるヤツがいるんだ。【真のお笑い好き】ってヤツ」

昌紀が、初めて可能性のある答えを聞いた顔をして、【真のお笑い好き】と書き込んだ。

俺はすぐにスマホを持って【真のお笑い好き】にダイレクトメッセージを送った。

【お前、俺が殺人犯だって言って回ってないか?】

いつもはすぐに返してくるくせに、今回は何もない。

きっとこいつだ……。

「こういうとき、どうすればいいんだっけ? このアカウントでTwitterをやってるのが誰かって、何かの手続きすれば突き止められるよな?」

昌紀に聞くと、

「手続きをすれば突き止められる。もう少し、こいつが怪しいっていう証拠が必要だろうけど」

と冷静な返事が戻ってきた。でも、昌紀もこいつを怪しいと感じているのはわかる。

なんだ、問題解決だ。

【真のお笑い好き】に追い打ちをかけようと、文面を考える。【お前が考えていることはお見通しだ】がいいかな？　芝居がかりすぎ？　【すぐに噂を否定してください。法的手段も考えています】がいいかな？

突然、【#ひき逃げゆるせない】が動いた。

【時効成立の前祝い】

この言葉と一緒にアップされた動画には、俺が映っていた。

「では、今日は倒れるまで飲みたいと思います！」

ジョッキを高く掲げる俺。

昨日、濱中さんが「鍋にしようか」と言って、数人の店員さんが一斉に出入りした。後輩たちが来て、佐緒里が来て……そう言えばその間、襖は開けっ放しだった。

あのときだ。

新しいツイートがどんどん画面に現れる。

【人間のくず】【本当に救いようがない】【浮かれてるよ】【胸くそ映像】【ここ、中目黒の鳥鍋屋だよね】【店はこんな客断るべき】【店のＨＰと電話、置いておきます】

マズイ。店にも迷惑がかかる。

しかも、彼らは見逃さなかった。

【ね、奥に座ってるの、濱中聡じゃない？】

【ひき逃げ犯と同席？　どういう神経？】

【濱中聡も社会的に死んだ？】


慌ててみずきさんに電話をした。みずきさんも状況は把握していて、

「いま、事務所も問い合わせがあって大変だから、ここで話すのはやめた方がいいと思うのね。こっちから連絡するからちょっと待ってて」

と言う。みずきさんにしては珍しく、声の奥にとげがある。

「濱中さんに謝りたいんです。どこに行けば会えますか？」

みずきさんはしばらく迷っていたが、

「明日、十六時から劇場に出る」

と教えてくれた。

次の日、俺は昌紀と申し合わせて、昼過ぎから劇場で濱中さんを待った。持っている中でもマシなジャケットを着てネクタイを締めて。

忙しい濱中さんは出番の直前に来て、出番が終わるとすぐに次の仕事に行く。会えるチャンスはわずかだ。その間に謝りたい。

チャンスを逃さないようにずっと廊下に立って待つ。

楽屋に入っていく先輩たちはみんな事情を察していて、「大変だな」と言ったり、「よく謝っとけ」と言ったりして去り、後輩たちは頭を下げつつ目を逸らした。

立原さんが、お付きの新人に鞄を持たせて現れた。

「おはようございます」

立原さんは「おはよう」と言って通り過ぎかけ、急に足を止める。

「お前、俺たちの事務所で濱中さんがどういう存在かわかってるよな」

「はい……」

「あの人がいるから、大手じゃないうちの事務所もやってこられた。俺だってテレビに出してもらえる」

「はい」

「この劇場だって、あの人がいたから建ったようなもんだ」

「……はい」

「俺、濱中さんが優しいからって、甘えるヤツ見るとムカつくんだよ」

「……」

反論できない。立原さんが楽屋に消えてすぐ、「そこ、片付けろ」とか「お前、満天堂のおはぎ買いに行ってこい」とか、立原さんが指示する声が聞こえてきた。満天堂のおはぎは濱中さんの好物だ。立原さんがいつもより早く来たのは、濱中さんを快適な状態で迎えるためなんだ。俺は、おはぎのことなんか思いつかなかった……。


どうしようもなく情けない気持ちで立ち続ける。昌紀も一緒に立っていてくれる。

いつもの弁当屋のおばちゃんが配達に来た。頭を下げると、おばちゃんがこっちに来る。

「ねえ、浮気さん」

！　ここまで名前が伝わったか。

「今日、お弁当、いらなかった？」

「え？」

「ピザ頼んだ？」

「ピザ？」

「下に配達が来てるんだけど」

おばちゃんは、自分が持ってきた弁当を寂しそうに見下ろしている。訳がわからず、楽屋口に降りてみた。すると、ピザの配達バイクが五台止まっている。全部ちがう店だ。

「この配達って……」

陽気なイタリア人のおじさんがマークのピザ屋が言う。「浮気淳弥さまからのご注文です」

「頼んでないですけど……」

「うちも浮気さんからの注文です。ピザ十枚とチキン三十ピースになります」

「うちも浮気さんから。ピザ十枚とポテト、サラダになります」

テレビでＣＭをばんばん流している大手の宅配ピザ屋二店が立て続けに言った。

「いや、俺が浮気ですけど、頼んでないんです」

「当店も浮気さまからのご注文です」

高級めな宅配ピザ屋の店員が、うやうやしくピザを差し出した。これも十枚。

最後の店員は、きっと誰かの嫌がらせなんだと察したのだろう、笑いをかみ殺しながら、「うちはピザ十枚とパスタですね」と言った。

大量のピザから放たれるチーズと肉と野菜が焼けた匂いはあまりにも美味しそうで、その全部が俺を責めているなんてとても想像できない。それにしても、どうしてピザ屋のロゴって赤が多いんだろう。五軒とも赤いよ……。

昌紀が「楽屋に行って金を借りてくる」と俺に囁いて階段を駆け上がる。

それを見て我に返った。そうだ。支払いをしなくては。幾らになるんだろう？

途方に暮れながら、まず伝票を受け取る。そこに書かれた金額は、一枚でも俺のひと月の食費を超えてくる。

「いま、払いますんで」

そう言ったのに財布を出すこともしない俺から、店員たちが目を逸らす。俺には払えないと彼らにはわかっている。昌紀、早く戻ってくれ。

一台の車が、楽屋口の前の道に入ってきた。目立つクラシックカーは濱中さんだ。濱中さんはすぐに降りてきて「どうした？」と聞いた。

「ピザが……届いて。俺が注文したって言うんですけど」

上手く説明できない。濱中さんは、俺が持っている伝票を見て察してくれた。

「俺が浮気の名前で頼んだピザかな。いま払うよ」

濱中さんはすぐに財布を出して支払いを済ませていく。

「ありがとう。ご苦労様。今度、大量の注文があったら、一回この劇場宛てに確認の電話を入れてもらえますか？」

濱中さんは、配達員一人一人に丁寧に告げて、求められたら握手までして帰していく。

その最中《さなか》に、立原さんが財布を持って降りてきた。

「すみません、濱中さん。俺が払います」

「いいよ、もう払ったから。これ、若い子に上に運ばせて。無駄にしないように持って帰れって」

「わかりました。濱中さん、ここ寒いんで、楽屋へどうぞ」

立原さんは、若手みたいなきびきびした動きで濱中さんを先導していく。

「満天堂のおはぎもあるんで、いま、お茶用意します」

「おお、いいね」

濱中さんの声が弾む。

売れた人たちってたいていこうだ。売れなかった人間よりもはるかに気が利く。そして、売れない俺には手も足も出せないうちに全てが進んでいた。

降りてきた若手がピザをどんどん運んでいく。

弁当屋のおばちゃんが心配そうにこちらを見ながら去っていった。なんで俺、よく知らないおばちゃんにまで憐れまれてるんだよ……。

昌紀が、ピザを一枚と、チキンの箱を持って降りてきた。

「濱中さんが、もう気にするなって。あと、これ、持って帰れって」

渡されたピザは、まだ熱いくらいだった。

膝の上のピザが冷めていく。新人の運転士なのか、さっきから電車はガタガタと無駄な衝撃を乗客に与えながら進んでいる。

濱中さんに返す金のことを考える。濱中さんは「いらないよ」と言うだろうが、ここで甘えたら立原さんが一生俺を赦してくれないだろう。幾らだろう？　十五万？　その金をどうやって作ればいい？

高い声で笑い転げていた女子高生が「臭いよね」と言ってこちらをチラチラ見る。そうだろう。ピザもチキンも匂いが強い。俺だってこんなもの、持って帰りたくない。こんな……俺を困らせて、恥をかかせるために用意されたものなんか。

でも、これは俺の大切な食料だ。しばらくこれを食べてしのぐ。そして、少しでも金を貯めて濱中さんに返す。

急にスマホが鳴った。慌ててスマホを出そうとするが、ピザが邪魔だ。女子高生が冷たい視線をこちらに向ける。膝の上で滑るピザの箱を押さえながらスマホを出すと、みずきさんの名前が表示されていた。次の駅で降りてかけ直す。

「すみません、電車の中だったので……」

言い終わる前にみずきさんが聞いてきた。

「あの噂って、嘘だと思っててていいんだよね？」

知り合いからの、初めての質問だった。昌紀は「誤解なんでしょ？」とは言った。でもそれは質問ではなくて、確認ですらなくて、「誤解なのにね」くらいの意味だったはずだ。俺と同じ側に立っていてくれた。なのにみずきさんは、向こう岸から聞いている。俺の人生を片っ端から否定したり、俺の名前でピザを頼んだ人間がいる側から。

「嘘です。全部嘘です」

こんな大事なことを、駅のホームに立って、薄っぺらい板に向かって話しているなんて、ばかみたいだ。

「わかった。今日劇場で起こったことは聞いてます。で……会社で話し合ったんだけどね、スレンダーズはしばらく出演取りやめってことにしようと思うのね」

「……え？」

「他の出演者に迷惑がかかると困るから」

「そんなの嫌です」と言いたいけど、抵抗したって、みんなを困らせるか、不機嫌にさせるだけだ。みずきさんと俺なら俺が弱い。切られるのは俺だ。

「……わかりました」

「また連絡するから」と言ったあと、みずきさんは「くれぐれも気をつけてね」と付け加えて電話を切った。

「気をつけてね」の言い方が何だか引っかかった。嫌な予感のまま、ホームのベンチでTwitterで検索する。【#ひき逃げゆるせない】

前にもこの件で何か書き込んでいた【だーちゃん】が、【Instagramで時効成立までのカウントダウンを始めます】と宣言していた。

事故が起き、美鈴ちゃんが亡くなったのは十年前の三月十二日。救護義務違反という、自分が轢いた人を助けなかったひき逃げの罪の時効は、事故から七年で既に過ぎていて、過失運転致死罪の時効が、発生から十年後にあたる三月十二日の午前零時に成立するらしい。

あと二十八日と七時間二十三分。

数字が減っていくにつれ、みんなの怒りが盛り上がっていく。

【殺人犯は消せ】

【うわき撲滅】

【うわき壊滅】

【うわき、ゆるさない】

【うわき、俺がこの世から消す】

みんな上手に、Twitterのタブーをすり抜けている。個人に対して直接的に殺意を表すと、すぐにアカウントは凍結される。だから【殺せ】とか【殺す】とか【死ね】とは書けない。でも、この全てが俺に向けられた殺意だとわかる。

これ以上電車に乗るのは恐ろしくて、駅を出るなり目の前の店で冴えないキャップを買った。デザインに文句を言っている場合じゃない。タグを切ってもらってすぐに被る。少しは顔が隠れた。

Twitterに『殺す』と書いて、実行するヤツってどのくらいいるんだろう？　わからないけど、ゼロじゃないのは、過去のニュースが証明している。

Twitterから目を離せなくなった。どこまで俺に手が迫っているのか、推し量る唯一の手段だ。

一枚の写真が上がる。【うわきの原点】という言葉とともに【だーちゃん】が世界に晒したその写真は、俺の実家だった。何でもない小さな古い一軒家。でも、わざわざこれを上げた人間は何を考えている？

交番に駆け込んだ。

「助けてください！　家族が狙われています！」

警察官は、キャップを被ってピザの箱とチキンの箱を抱えた俺を怪訝そうに見た。

「どういうことか話してくれる？」

警察官の喋り方はのんびりしていて、こちらの焦りと噛み合わない。

「俺、ひき逃げ犯だと思われてて。もちろん誤解なんですけど、ネットでみんなが騒いでて、死ねって言われて、さっき、実家の写真がネットに上がりました。実家には母と姉がいます」

びっくりするほど若い、つるんとした童顔の警察官は、「なるほど、なるほど」と言いながら、時間をかけて状況を理解してくれた。

興味深げに俺への殺害予告とも言えるツイートを読んでいる警察官に、もう一度言う。

「母と姉を助けてください」

「その前に、Twitter社に連絡したらどうです？　こういうときの対応、ネットに出てますよ？　ほら」

警察官は俺のスマホで検索してくれて画面をこちらに向けた。【Twitter社に報告します】と書かれた部分が青くなっている。期待を込めてそこをタップする。と、【強烈な身体的脅迫に関するポリシー】というページに繋がって、違反しているツイートの報告方法が丁寧に書いてある。

「ね。これをやれば大丈夫でしょ」

そうなんだろうか。Twitter社がすぐに対応してくれて、俺を責めたアカウントが次々凍結されたって、それで収まるんだろうか？　【うわき撲滅】って書いた人間は凍結の瞬間に我に返って、「ああ、俺は思い込みで行動しちゃったな。よく考えてみよう。本当に浮気淳弥はひき逃げ犯か？　――そんな証拠どこにもないじゃないか。間違いだった」ってとこまで行ってくれるのか？　【うわきの原点】って実家を晒した【だーちゃん】は、「あ、俺ひどいことしちゃったかも。反省したから、俺が投稿した写真のせいでこの家の人が危ない目に遭わないように見守っておいて、何かあったら助けよう」って思ってくれるのか？

絶対にそれはない。

ここまで来たら、問題はTwitterでもアカウントでもない。その向こうにいる『人』だ。俺を犯人だと信じているたくさんの人。罰するべきだと思っている人たち。アカウントが凍結されても、彼らの悪意が消えるわけじゃない。

「あの……Twitterももちろん気になるんですけど、いま、現に母と姉は危険だと思うんです。そこはどうすればいいんですか？」

「気をつけるように電話した方がいいと思いますよ。でも、まずはあなた自身が気をつけて」

「警察は何もしてくれないんですか？」

「家の画像がアップされて、【うわきの原点】だけだとね」

「……」

事情を話す前とあとで、警察官の切迫感に全く変化がない。これ以上ここにいても無駄だとわかった。

帰ろうと立ち上がると、警察官が言った。

「あなたの家は大丈夫なの？　割り出されてませんか？」

「俺の家は……いまのところ」

理由はわかっている。いまの部屋は、同棲するために佐緒里名義で借りたからだ。でも、それだっていつまで安全かはわからない。

交番を出たときには、帰宅ラッシュが始まっていた。ますます電車に乗るのは嫌だ。いま、不特定多数の人と接触したくない。どこに敵がいるかわからない。

アパートまで歩くことにした。

冷め切ったピザの箱を捧げるように持つ。蒸気を吸った箱はしんなりして形が崩れ始めている。あんなに美味しそうだった匂いも消えた。

電車の音を左耳で聞きながら、入り組んだ道を進んでいく。人通りが少ない道が続くことが、この状況にとっていいのか悪いのかわからない。会う人が少ない安心感はある。誰かに「あいつだ」と指差されることはない。でも、もし襲われたら、助けを呼んでも誰にも聞こえないかもしれない。

早く。早く家へ。

あの中にいれば、きっと誰も襲ってこない。

早く。早く。

信号を待って横断歩道を渡る。と、バイクがぐうんと曲がりながら突っ込んできた。道路に突っ伏しながら必死にかわす。

バイクが止まった。男が降りてメットを脱ぎながらこっちに向かってくる。慌てた顔で。「すみません」なんて言いながら。

騙されるか!

さっと男から離れる。

「俺はこんなことでやられないからな!」

男に向かって叫んで走り出した。アパートに駆け込んで部屋の鍵を閉める。気が付くと、チキンの箱はどこかに消えていて、俺は中身のなくなったピザの箱を握りしめていた。

4

テレビのリモコンをずっと握っている。いつもなら、ザッピングすれば、「見たい！」と思うほどじゃなくてもどこかに自分が収まるべき場所が見つかる。いろんな風呂がある温泉施設みたいなもので、バラ風呂に興味がなくたって、日本酒風呂ならちょっと興味あるかな、みたいな感じだ。

いまの気分にぴったりな場所。心配事を脳から追い出して、口を開けて画面だけを見ていられそうな場所……どこかにはあるはずだ。クイズ、大盛り、バスの旅……ロシア語講座まで見てみた。なのにどこにはまろうとしても気持ちがざわざわして集中できない。

さっき、バイト先から連絡が来た。しばらく来なくていいという。バイト先が特定されたせいだ。いや、『特定』ってほどじゃない。俺がTwitterでバイト先の宣伝をしたことがあって、それでおかしなヤツらが押しかけた。宣伝は、店長に頼まれた。「君、芸人さんなんだって？　じゃあ、店の宣伝してよ」と。頼まれてやったことなのに、いまとなっては『迷惑』なんだそうだ。

バイトに行かず、劇場での出番もない。つまりはすることがない。出かける気力もないし、何より、金が不安だ。公園で水道の水を飲んで過ごすのでもなければ、外にいるってだけで金がかかる。おまけに寒い。だったら図書館にでも行くかな。暖かいし……と考えて、この思考、まるでホームレスだと思った。道で寝ているおっちゃんたちも、誰かの息子で子ども時代があって、きっと青春だってあっただろうから、つまりは俺の人生と最初から違ったわけでもない。俺の前にある道とおっちゃんが寝ている道はちょっとしたきっかけで交わる可能性があって、いま二つの道はぐんぐん近づいている。

ダメだ。こんなこと考えたら苦しくなるだけだ。落ちちゃダメだ。怒る方がマシ。

よし、怒れ。怒れ、俺。

くそっ。なんでこんなことになった？　俺のせいじゃない。俺が悪いんじゃない。ムカつく。何しろ全てにムカつく。

「あぁぁぁぁ！」

声が出ると同時に、壁を蹴っていた。すぐに「うるせぇ！」と下から声がする。一〇一号室のおっさんだ。

「そっちこそうるせぇよ。こっちは真剣に人生考えてんだよ！」

怒鳴り返しながら頭の隅で気づいている。いまの俺は一〇一のおっさんと同類だ。仕事がなく、出かける用もなく、ただ不満と不安だけは両手にいっぱい持っている。いや、殺人犯だって思われている分、おっさんより悪い。

でも、上手く目を逸らして蒲団を被った。

自分の気持ちが、ちょっと触っただけで崩れるトランプタワーみたいになったときは、色々考えるのはやめた方がいい。どうせまともな結論なんか出ない。

脳を止めるには寝るしかない。ただ寝る。ただただ寝る。何日でも。

昌紀が「行っていい？」と連絡をくれたが、断った。昌紀が来るところを誰かが見ていたらこのアパートがバレる。誰も呼ばずに、自分も外に出ないのが一番安全だ。食い物は、缶詰とカップ麺とスナック菓子でギリギリまで繋ぐ。

思った通りだ。世界は俺が参加しなくてもちゃあんと動く。上の世代って、「社会の歯車になりたくない」みたいなことをよく言ったらしいけど、歯車の何が悪い？　歯車ってどこかに繋がって、こっちが動けばその運動がどこかに伝わっていくんだろ？　俺はいま、どこにも繋がっていない。動いても止まっても誰も影響を受けない。

俺が世界と繋がれる方法は……それは、芸人になることだと思ったんですよ！

叫びたいのに喉がカラカラで声が出ない――でも、俺はあの日のことを伝えたくてもがく。あの日。父ちゃんが死んで、しばらく経った日。ちょうど俺の一学期の終業式で、俺は担任の先生に「大変なことがあったのに、ちゃんと学校に来て偉かったね」なんて言われて、褒められたのは嬉しかったけど、「でも、先生が言ってる感じは俺の気持ちとはちょっと違うんだよなー」なんて考えてた。上手く説明する自信はなかったから黙ってたけど。俺はこの腑に落ちない感じを母ちゃんと姉ちゃんに話したものかどうか迷ってたけど、うちに着くとそうめんの用意がしてあって、そのまま三人で食べながらお笑い番組を見ていたら心から笑えて、母ちゃんも姉ちゃんも俺もゲラゲラ笑って、ああ、いま幸せだなって思った。これが幸せってことなんだと思った。

だから俺は、お笑い芸人になるって決めたんだ。

あの芸人さんたちはテレビの中にいて、俺の家で一緒にそうめんを食ってたわけじゃないけど、でも、ちゃんと俺たちと繋がっていた。あの芸人さんたちにできるなら、俺だってあの人たちとおんなじ世界に出て行って、一緒になって、食卓にいる腑に落ちない気持ちの子どもを笑わせられるんじゃないかって思ったんだ。

それをちゃんと説明するから、これから話すから、ちょっと待って。いま、喉がカラカラで……。

去っていこうとする人たちに必死に呼びかけようとしていたら、どこかでバイブ音が聞こえた。

え？　なんだ？

気持ちがいいとは言いがたい目覚めがやってきた。悪夢ってどうしてこう疲れるんだろう。身体がだるい。喉の奥が苦くて水が飲みたいし、トイレにも行きたい。

最悪だ。

それでも、嫌な夢から引きはがしてくれたスマホに感謝して、ディスプレイを見る。

【濱中さん】て表示されてる！

起き上がると同時に正座して、自分の股《もも》をバシバシ四回叩いてから電話に出た。

「浮気です」

「おお、大丈夫か？」

「もちろんです！」

「ならよかった。劇場に来られるか？」

当然「はい！」と答えるべきだ。わかっているのに、声が出ない。

「もし来られるなら、舞台、出てみろ」

「え……」

「俺から言ってみる。会社に」

なんで？　なんでそこまでしてくれる？　立原さんは濱中さんのことを「親父みたいな人だ」って言ったことがあったけど、俺の父ちゃんと比べたら失礼だ。濱中さんは、「聖人」とか呼ばれて、拝まれた方がいい人だ。

お礼を言いたかったのに「ふへっ」と変な音が出た。

「どうした？」

「ひゅっ……俺、バイトにも来なくていいって言われて……どうしていいかわかんなくて、することもなくて……ひゅっ、ひゅっ……ただ、寝てました。何にもしないで。努力とか、次のネタを作るとか何にもしないで……何か考えるのが怖かったから……」

俺がただ眠っていた間、濱中さんはたくさん仕事をして、きっと後輩の相談にも乗って、アドバイスなんかもして、奥さんと家事をしたり、子どもを叱ったりなんかして、その上、俺のことを考えてくれてたんだ。

「ひゅっ、ひゅっ」

みっともないから音を抑えようとするほど、俺の中から飛び出す「ひゅっ」が高い音になる。

「すみません……すみません」

なんとかそれだけ言う。涙がドバドバ出てくる。

濱中さんは、「じゃあ、舞台に出たいってことでいいよな。あとは任せとけ」と言って電話を切った。


次の日、間に合わせに買ったあのダサいキャップを深く被って、久しぶりに外に出た。外の世界は匂いがする。

一人きりの部屋にこもっていたせいか、自分以外の生き物の匂いに敏感になっていた。これって、人間に残された動物的本能なんだろうか?

別に、誰も彼もが臭くて仕方がない、というわけじゃない。ただ、「生き物だ」と強く感じる。外の世界には、たくさんの生き物がいる。

それが全部、俺の想像を超えた動きをする。動くのは俺だけの、安全な部屋の中とは違う。

怖い。

帽子の鍔《つば》の下から世界を見ながら、俯いて歩いた。

昌紀と合流して、事務所の会議室を借りてネタの打ち合わせをする。

「あのさ、ちょっといいかな?」

入ってきたみずきさんは、手におにぎり屋さんの紙袋を持っていた。近所にある店だ。五十くらいの、こだわりが強そうな女性が一人でやっていて、ちょっと高級な具をその場で握ってくれる。おにぎり一個で二百五十円とか取る。

「ま、食べてよ」

「いただきます」

控えめに言ったつもりなのに、顔がにやける。

俺たちがおにぎりにかじりつくのをしばらく待ってから、みずきさんは言った。

「今回の噂ってさ、どこから出てきたの?」

「こっちが聞きたいです」

言ってから、ちょっと感じ悪かったかなと反省する。でもみずきさんは気にした様子もなく続ける。

「いままでにも、ひき逃げに関係してるとか、言われたことあった?」

「いえ……」

昌紀は半分になったおにぎりを顎の辺りで持ったまま、俺の答えを聞いている。食えばいいのに。

「俺が知る限り、【西東京の住人】ってアカウントが最初に、俺のこと犯人扱いしてます。このアカウントはすぐに消されてるから、すごく怪しいと思うんですよね」

「それっていつ?」

「この騒ぎの最初です」

みずきさんは考えながら、自分のネックレスに触っている。

「でも、そのアカウントがそういうこと言い出したのって、突然思いついたのかな? 何か、これより前に噂を聞いたとか?」

「……噂」

「そう。初めてネットに書いたのは【西東京の住人】だったかもしれないけど、その前に、例えば地元なんかで淳弥のことを犯人だっていう噂、なかった? よく、中高生が悪ふざけで話したりするでしょ? あの家の父親は昔事件を起こしたとか、あの子の兄弟はあの事件に関わってるとか」

考えてもみなかった。それくらい、この事故はついこの前まで人ごとだった。おにぎりを持っていることを忘れて、「そういう噂はない……と思うんですけど」と記憶を掘っていたら、中のいくらが落ちた。

「すみません!」

買ってきてくれたみずきさんに申し訳ない。この人は、売れない俺たちにもいつも一生懸命だ。感謝している。

みずきさんは、落ちたいくらを気にせずに聞く。

「思い当たる節はないか……。じゃあ【西東京の住人】だっけ？　その人以外に怪しい人は？」

「【真のお笑い好き】によくＳＮＳで絡まれてて。そいつが【西東京の住人】じゃないかって。なあ」

昌紀に振ると、昌紀は頷いただけで何も言わない。

「【真のお笑い好き】と【西東京の住人】」

みずきさんは呟いたけど、その先には何の手がかりもないと思ったらしくため息を吐いた。

「すみません」

オーディションで結果を出せなかったとき、舞台で失敗したとき、この人には何回謝ったかわからない。

「謝る必要無いよ。でも、しばらくツイート内容には気をつけないとね。【人をひき殺したくなることあるよね】とか書かないでよ」

「すみません」

「他にはないよね？　見つかると困るようなこと」

「ないです」とすかさず答えた口の中が、少しだけ苦い。あれのことがまた頭をよぎる。

みずきさんは、「ならよかった」と言って立ち上がると、「じゃ、ネタ作り頑張って」と笑顔で出て行った。こっちも笑顔で応えたかったけど、上手く笑えなかった。

高級おにぎりと残されて、昌紀がぽつりと言った。

「この噂には元ネタがある……それ、考えてみなかったな」

ペットボトルのお茶を飲んで、さっき一瞬浮かんできた記憶を追い払い、事件に頭を戻す。

「うん。考えなかった」

「会社のパソコン借りて、過去のブログとか調べてみよう」

昌紀は手の中にあったおにぎりを口に放り込みながら立ち上がり、出て行ったかと思うとすぐにノートパソコンを一台借りて帰ってきた。

大学時代はレポートとかたくさん書いてたんだろう、昌紀はほとんど指を上げずに滑らすようにキーボードを打ってゆく。何か打ち、クリックし、ざっと記事を読んでまた戻る。

古いブログを読んでいるらしいことは、モニターに現れた古めかしいデザインの自作画面を見ていればわかる。

俺も慌ててスマホに向かう。

何て入れる？　『浮気淳弥』『犯人』。これじゃダメだ。最近の書き込みばかりヒットする。どうすればいい？

おにぎりを一つ取って、かじりながら検索ワードを練る。

『西東京』『噂』

『ひき逃げ犯』『噂』

『ひき逃げ事件』『高校生』『犯人』――やっとこれがヒットする。当時の目撃情報だ。目撃者の若い男性が、「制服を着た男性が運転していたと思う」と言ったのだ。事故現場から近くて制服の高校は、都立あけぼの高校。俺の母校だ。

事故が起きた直後、幾つかのブログで、この高校の生徒が犯人だろうって名指しされていた。

【都立あけぼの。特進クラスは大学行くけど、それ以外は馬鹿。三年生は、就職するために二月、三月は免許取りに行くから、きっとそういうヤツらの一人】

こういう話は当時からあった。でも、見つけたブログを掘っていっても、俺の名前は出てこない。

当たり前だ。俺は当時あけぼの高校の男子生徒で、確かに免許を取りに行ってたけど、そんなヤツは他にたくさんいた。具体的にはわからないけど、五十人？　その中で俺を名指しにする根拠がない。

当時を思い出す。この目撃証言が出たとき、クラスメートと話した。

「やべーよ、うちの高校に犯人いるかも」

でも、それ以上の話にはならなかった。どうしてだっけ？　そうだ、担任が「無責任な話はやめろ！」ってめちゃくちゃ怒ったからだ。確か、学校の中に亡くなった美鈴ちゃんの親戚がいたんだっけ。それに、何人か警察に事情を聞かれたけど、結局決め手はなかったらしい。

昌紀が突然、「ないなぁ、元ネタ」と言って伸びをした。

「こっちも見つからない」

「でも、確かにみずきさんが言うことはもっともなんだよな。【リーサ】が突然十年前の事故のことをツイートして、そのあと、【西東京の住人】が淳弥が犯人だって言い出すまで二時間しか経ってない。事件もお前も知らない人間が、二時間でこんなことを言い出すのは不自然だよ」

お腹がパンパンで、頭が回らない。おまけに頸《くび》がゴリゴリに凝っている。時間を確認すると三時間も経っていた。

「うわ、電車ヤバイ」

昌紀と慌てて片付けを済ませ、会議室を出た。

事務所を覗くと、みずきさんは少し前に帰ったという。おにぎりのお礼をちゃんと言うべきだった。いや、それよりネタ作りが中途半端だ。

「な、明日の朝、バイトあんの?」

昌紀は複数のバイトを掛け持ちしている。

「いや」

「じゃあ、俺んち来いよ。ネタを仕上げよう」

昌紀は、誕生会に誘ってもらえた小学生みたいな顔で、「おお」と言った。


昌紀をドアの前に待たせて、先に部屋に入ってざっと目に付く物を片付ける。洗濯物は洗濯機に放り込み、ゴミは袋にぎゅうぎゅうまとめた。それより窓だ。窓を開けて換気する。この部屋はきっと、俺の動物としての匂いがするんだろう。

ちゃんと片付いたわけじゃなかったが、昌紀相手なので見栄は張らずに「どうぞ」と入ってもらった。昌紀は、何度も来ているくせに律儀に「お邪魔します」と言ってから靴を脱ぐ。

まずはコンビニで買ってきたお惣菜を出し、缶チューハイで乾杯する。

「今日びっくりしなかった？　みずきさんが『今回の噂ってどこから出てきたの？』って言ったとき」

「どきっとしたな」

「あの人、たまにああいう話し方するよな」

「マネージャーだからな」

そう答えたものの、昌紀が話していることと自分が言っていることとの間に何か隙間があるのを感じる。たとえるなら、昌紀が四角い積み木を並べている横に、俺は丸い積み木を並べている感じ。同じ数並べても、隙間は埋まらない。

「あのさ、ああいう話し方ってどういう意味？」

「え？　……ちょっと嫌な感じ」

「嫌な？　え？　みずきさんは俺を心配してくれたんじゃないの？」

「どうかな。俺、あの人ちょっと冷たいって思うことがある」

意外だった。俺と全く逆だ。俺は、売れない俺たちに親切だなって思ってた。

昌紀の言葉に強い反発を感じたわけでもないし、かといって納得したわけでもない。ただ、みずきさんという身近な人に対しての意見が違うなんて驚いた。

それ以上に、昌紀が誰かを「冷たい」と言ったのが意外だった。昌紀はあまり人のことをどうこう言わない。「冷たい」と言った昌紀の表情は、唇が左だけぐんにゃり上がって、ちょっと闇を感じた。

「……冷たいって思うのは、例えば、どういうとき?」

俺の質問に答えるために昌紀がこっちを向いた瞬間、ガシャンと金属音がした。知っている音なのに、妙に神経に障った。

「こんな時間に、何のチラシだよ」

這うように、ほんの三メートルほど先のドアに向かい、郵便受けに投げ込まれたばかりの書類封筒を見る。

「?」

結構分厚い。封はされておらず、表にも裏にも何も書かれていない。手を突っ込んで中身を引っ張り出す。全部A4の白い紙だ。パラパラとめくった瞬間、その正体がわかった。新聞や雑誌のコピーだ。全部あの事故の。

事故を伝える記事。目撃者を追った週刊誌の記事。幸太君の告白を扱った記事。

誰かが俺に罪を思い出させるため、あの事故の記事をコピーして持ってきたんだ。

気のせいかもしれないが、コピーの熱を感じる。出来たてほやほや。

ぶつけられたばかりの俺への非難……。

立ち上がれない俺を飛び越えるみたいに、昌紀がノブに飛びついてドアを思いっきり開ける。靴も履かないで飛び出した昌紀は、ドアが自然に閉まるより早く戻って来てくれた。

「もういなかった」

むしろほっとした。昌紀が封筒を持ってきた男を、いや、女かもしれないが、どっちにしろそいつを捕まえて俺の前に連れてきたって、どうすればいいかわからない。

体育座りの股の上に、コピーの束が乗っている。そこそこの重さだ。これをわざわざコピーした人間がいる。時間とお金をかけて。

そこまでして俺を責めたい人間がいる。

しかもそいつは、俺の家を知っている!

昌紀の部屋は、入ってすぐに肩幅よりやっと広いくらいのシンクがある。これが洗面所で炊事場だ。シンクの前は靴脱ぎ場だから、水を使いたければ靴を履くしかない。

男物の靴が二足並ぶともう窮屈になる靴脱ぎ場を入ると、四畳半の畳の部屋だ。一応、一間の押し入れはついている。そして窓もある。でもそれだけだ。廊下の端のトイレを二階の住人四人共同で使う。一階には小さなシャワー室。湯船に入りたければ歩いて十五分の古い銭湯まで行く。絵に描いたような下積み生活だ。

「いつまででも、いていいからな」

昌紀はそう言いながら、こたつを絶妙な位置にずらし、狭い部屋の中に二人分の寝床を作ってくれている。

俺は着替えを入れてきたバッグを床に置いたら、あとは時々昌紀の言葉に「ああ」と言うだけで何もできずにいる。

「あ、天井裏にネズミもいるから仲良くして」

昌紀は俺にツッコませたいんだろう。でも、口からは「ああ」しか出なかった。頭がぼーっとしている。

ここへ来るまでの間、俺がTwitterから目を離していた時間に何が起きたかを突き止めた。

まず、一人が俺の一つのツイートに注目した。【昨日バイト代が入ったので贅沢。ひゃっほー】という文章に、ステーキの鉄板を前にした自撮り写真が置かれている。そこが、安くお腹いっぱいに肉が食べられるチェーンの店だってことは、鉄板と盛り付けを見れば常連にはすぐわかる。更に店に詳しいヤツがいて、そいつが、写り込んだ背景からそこが新宿店だと気づいた。そいつが呟いた。

【この写真、ハッピーステーキの新宿店】

それを見た二人目は、俺のツイートを遡《さかのぼ》った。他にもランチのツイートはあった。ラーメン屋とか、定食屋とか、居酒屋のランチとか。そいつは、その場所のいくつかが新宿の店だって気づいた。そいつは呟いた。

【浮気、なにかと新宿でランチ】

それを見た三人目は、俺が消した、バイト先の宣伝ツイートのスクショを掘り起こした。そして、俺らの事務所の劇場の場所も調べた。そいつは呟いた。

【バイト先が幡ヶ谷駅。劇場は四ツ谷駅。てことは、乗り換えでしょっちゅう新宿使ってる?】

それを見た東京に住んでるヤツは誰でも考えたはずだ。俺の家は小田急線か、京王線か西武新宿線か都営新宿線か——何しろ新宿を通る路線の沿線じゃないかって。そう考えた何千人か何万人かわからない人間のうち、一人が呟いた。

【予想。浮気が住んでるのって、バイト先がある京王線の沿線? それか実家方面に行

く西武新宿線の沿線？】

東京の家賃相場を知っている人間ならすぐ思う。

【貧乏芸人、山手線の内側に住んでるとは思えない。でもって、家賃が安い都心からちょっと離れた各停の駅と予想】

この世には、変なことに詳しいヤツがいる。そいつが、俺が【帰り道にノラ発見】と猫の写真を投稿しているのを見つけた。そいつは呟いた。

【ここに写ってるガードレール、狛江市オリジナル】

都内のガードレールのデザインが、区や市によってちょっとだけ違うなんて、どこの学校で教えてるんだ？

ものすごい知識を見せつけられて、みんな燃えたんだろうな。知恵比べが始まった。俺が、舞台が上手くいかなくて、部屋で腐って飲んでいる写真があった。窓際に座って発泡酒を掲げてる自撮りだ。そんな、他人には何の意味もない写真を拡大して、じーっと見たヤツがいる。そいつは、窓の向こうに見える何軒かの家のちょっとした隙間に、橋が写っていることに気がついた。そいつは呟いた。

【浮気の家、部屋から川が見える】

川博士か橋博士か何か知らんが、そいつが答える。

【これ、多摩川】

また別のもの知りが呟く。

【狛江市で、多摩川がこの感じで見えるのは中和泉とか?】

知識は無いけど、観察眼と推理力に優れた探偵君が、俺の三ヶ月前のツイートに注目した。【同期と飲んだけど、小腹が減ったので夜食いっちゃいます】。写真には、コンビニの袋が写り込んでいた。探偵君が呟く。

【他にも家の近くでコンビニに行ったらしきツイートがあってさ、結構な確率でフラワーコンビニエンスなのな。住所が中和泉なら、使ってるのはフラワーコンビニエンス中和泉一丁目店。駅からこのコンビニに寄って帰ってるなら、家はこのエリア?】

ご丁寧に地図が添えてあって、駅からコンビニまでの経路が描いてある。それはまさに、俺がフラワーコンビニエンスに行くのに使う道順だ。フラワーコンビニエンスは惣菜が美味い。だから、惣菜を買いたいときは遠回りしてここに寄る。現に今日、昌紀と俺はこの道順を通ってつまみの惣菜と缶チューハイを買った。鳥肌が全身を覆いそうだ。

探偵君は連続投稿した。

【この道順で家に帰って、かつ、部屋の窓から橋が見えるってことは、家はこの辺?】

地図に描かれた大きな丸には、俺のアパートが見事に入っていた。

ここまで突き止めるのは、座ったままでも寝転がってでもできる。で、最後のツイートを見た誰かが初めて、靴を履いて外に出た。そして、「貧乏芸人なんだから、マンションはあり得ないよな。きっとアパートだよ」なんて言いながら指定された地域をうろうろして、リバーサイドロイヤルなんてたいそうな名前なのに築二十年の俺のアパートを見つけたわけだ。

「力を合わせるって素晴らしいよね」

精一杯の皮肉のつもりで言ったのに、昌紀はどういうわけか笑った。

「笑い事じゃないよ」

「わかってるよ」

「家を突き止められたんだぞ！」

「な」

昌紀の緊張感のない答えにイラッときて、俺の家を見つけたヤツらのことを一瞬忘れる。

相方ってたまにこういうところがある関係だ。つきあいたてのカップルみたいに、相手の気持ちに寄り添おうと無理はしない。何年か連れ添った夫婦みたいに、ある程度引いて相手をあしらう。

イラッともするが、そのテンションの違いに救われることもある。

「もう、今日は寝ろよ」

昌紀に言われて、やっと床に尻をついた。

明かりが消えてしばらくして、少しずつ気持ちが落ち着いてきた。古いアパートは、少しの風にも敏感に反応してあちこちがピシパシ鳴る。

昌紀の東大時代の同級生で、こんなところに住んでいるヤツなんかいるんだろうか。みんないい会社に入って、結構な給料貰って、いいところに住んでいるんだろう。昌紀は言いたがらないけど、多分昌紀の実家は金持ちだ。人生でこんなところに住むことになるなんて、想像もしてなかったと思う。

「両親、まだ許してくれないの?」

昌紀が寝ていたら起こさずに済む程度の音量で、聞いてみた。

「うん。てか、ずーっと無理だと思うよ」

昌紀の両親によれば、仕事というのはこちらが無理と努力で人様のために何かすることで、自分がしたいことをするのは仕事じゃないそうだ。

「金になってないのが、お前がやっているのがただの自己満足で、仕事じゃないって証拠だ」

と言われたという。

芸人になりたいと言うと、たいていの親は反対する。ほとんどの人が問題にするのが収入だ。でも、そこを論点にしていても、裏にある気持ちは少しずつ違う。それで一生、つまりは自分たちが死んだあともちゃんとやっていけるのかと心配をする人もいる。本人の生活もままならないんじゃ、俺たちの老後は誰が見るんだ？　と考える人もいる。昌紀の親はその中間くらいらしい。

でも、収入を理由に反対する親って、結局、稼げるようになったら手のひらを返すんだろうなー。昌紀の場合も、人並み以上に稼げるようになったら、案外すぐに「学費なんか親が出して当然だ。今更返す必要ないよ」とか言うのかもしれない。

そして、昌紀には稼ぐ手段がある。

隅田さんが話していたピンの仕事。新番組で、企画が通ったばかりだと言ってた。つまり、昌紀の存在が最初から企画に組み込まれて、番組が昌紀ありき、みたいになったら、レギュラーになる可能性もある。そうしたら昌紀はすぐに毎月決まった額を手にすることになる。それってどのくらいなんだろう。

コンビの芸人には、ピンの仕事のギャラも相方と折半する人たちがいる。でも、個人で稼いだ金は個人の収入にする人もいる。俺たちはどうなるんだろう。昌紀が、あんなに隠したがっていた東大の学歴を使って稼いだギャラを、何もしていない俺が貰うなんてさすがにできない。

ってことは、昌紀はその仕事のギャラを一人で貰うんだ。こんな部屋からはすぐに引っ越せるよな。それに、隅田さんの言葉だと、昌紀はその番組で外国語を披露することになる。『秀才芸人』とか『外国語芸人』とか呼ばれるんだろうか。そうなったら、昌紀の親だって昌紀のやっていることを認めるんじゃないかな。東大に行かせた甲斐があるってもんだから。

つまりは、あの誘いは人生を逆転するチャンスだった。

昌紀だってわかっていたはずだ。なのに、昌紀はそれを断った。

「コンビでやっていきたいんで」

そう言って隅田さんに頭を下げた昌紀を見ながら、俺は、昌紀の首って思ってたより長いんだな、なんて変なことを考えていた。いや、昌紀から目を逸らすのは変だったし、だからといってちゃんと見ていたらなんかヤラレそうだったのだ。だから、初めて会った隅田さんの目の前で泣く、なんてみっともないことにならないように、昌紀の首に意識を集中させたんだ。

いままた、向こうを向いて寝ている昌紀の首を見ていたら、あのときと同じ気持ちになった。

「ありがとうな」

「……あ?」

夢の中に片足突っ込んでいたらしく、昌紀の答えはちょっと間が抜けている。俺はそれ以上説明しなかったし、昌紀も「何の話だ?」とも聞かなかった。

車道から、人しか通れない横道に入った昌紀のアパートは、静かだ。遠くの車の音が、別の世界の出来事みたいに聞こえる。敷かれたシーツはタオル地で、俺のシーツとは寝心地が違った。柔らかくて、子どもの頃、夏休みにバスタオルを敷いて昼寝をしたのを思い出す。

他人の家に泊まるのは久しぶりだった。その落ち着かなさとわくわくと同時に、「俺がここにいることは誰も知らないんだ」という安心がゆっくり緊張を解いてゆく。

明日何があるんだっけ? そうだ、ネタを作るんだった。あとはみずきさんにおにぎりのお礼を言おう。

それだけなら急ぐことはない。このタオルの上で思う存分朝寝しよう。

おにぎり、美味しかった……みずきさんに電話。

とっちらかっていく思考に身を任せていたら、急に「スマホ充電しなきゃ」と思い出した。さっきまでさんざんTwitterを遡った。充電が少なくなってるはずだ。

面倒だが起き上がる。バッグから充電器を取り出し、コンセントを探す。こういう古い物件だもんな、コンセントの数も少ないんだろうな。

カーテン越しに、街灯が部屋の中をぼんやり照らしている。それを頼りに入り口の近くを見た。そこのコンセントはたこ足でめいっぱい使われている。どれが何のコードかわからないので、抜くのはやめた。

テレビの裏を覗いてみる。と、何かが光っている。

それは見慣れた光だった。四角い薄い板が、Twitterの通知を知らせている。

四角い薄い板は、もちろんスマホだ。昌紀が大嫌いで、頑なに使うのを拒否しているはずの物だった。

どうしてこれがここにある？

誰かが忘れていったのか？

いや、それなら充電器があるのは変だ。

昌紀の？

昌紀は俺に隠してスマホを持ってる？

なんでわざわざ隠す？　別にスマホを持ってたって悪くないのに。

いや、悪いのか？　これは悪いことで、昌紀にはその自覚があるから、スマホとは縁がないフリをしているのか？

スマホをつまみ上げ、寝ている昌紀の指を押しあてる。機械は正直だ。こっちの恐れなんか無視してすぐに反応した。

あ、昌紀のなんだ。

あっさり突きつけられた事実でかえって冷静になる。昌紀はTwitterのアカウントを持っていた。本人の投稿はなく、ただ、百十二人のアカウントをフォローしているようだ。ザッと確認したが、全員一般人だ。

なんだか背中を冷気が上ってゆく。ぞわぞわと。先輩芸人のフォローをしているならまだわかる。でも、なんだこれは？　なんのためのフォローなんだ？

次に、サファリを開いた。卑劣だとわかっているが、まず、『あ』と入力する。と、『あ』が頭にくる検索履歴とブックマークした記事が表示された。次は『い』。次は『う』。『う』では『浮気淳弥』と出た。昌紀はこのスマホで俺のことを検索したのだ。改めて『浮気淳弥』で検索をかける。俺の経歴、俺に関する噂のまとめ、『#浮気淳弥』。全てがここ数日のうちに閲覧されている。

どうして昌紀は、SNSに疎いフリをしてる？　これを見る限り、スマホにどっぷりって感じなのに……。

「ううう」

うなされるような声を上げたのは、俺じゃなくて昌紀だった。嫌な夢を見ているようだ。

こっちは、嫌な現実見せられたっていうのに。

スマホを元通りに置き、タオル地のシーツに身を横たえた。シーツはひんやりして、前ほど快適じゃない。

いま見たことの意味を、考える必要があった。

一人で。

なんてことだ。昌紀の手を借りられない。

冷えた身体を温めようと、腕をこすりながら昌紀のやり方を思い出そうとする。紙に問題点を書くんだ。なるべく短く。

まず書くべきは、『昌紀は、どうしてスマホを持っていないフリをするか?』だ。全然わからないが、よほどの理由に違いない。

いや、ひょっとすると書くべきは『昌紀は、何のためにスマホを持っているのか?』なのかもしれない。昌紀のスマホ嫌いは、嘘だと思えなかった。「スマホに替えればいいじゃん」と言われて本気で嫌な顔をしているのを見たこともある。つまりは、スマホが嫌いでガラケーで生きてきて、何かの理由でスマホを買った。でも、持ち歩くのは嫌だったし、スマホ嫌いを公言しているから、俺に対しても「実はスマホを持ってるんだ」とは言いにくかった……とか？

お、いい調子だ。なんか、理屈が通ってる気がする。

じゃあ次は……どうしてスマホを買ったか、だ。昌紀には金がない。だから、スマホを買って、しかもガラケーと二台持ちして両方の料金を払ってるってことは、そこに目的があるはずだ。うん。

昌紀の目的。昌紀が望むこと……それは、楽で時給がよくて違法じゃないバイトを見つけるとか、先輩が奢《おご》ってくれるとか、親への借金が減るとか、たぶんそういう感じのことだ。でも、それとスマホって関係あるか？

考えていたら、「ううう」とまた唸ってから、昌紀が起き出す気配がした。

「お前の望みって何だ？」

聞いてみようかと思って、昌紀の方へ首を伸ばす。と、昌紀が真っ直ぐスマホの方に向かうのが見えた。昌紀がいつも通りの猫背でスマホに何か打ち込む姿が、ぼんやり浮かび上がる。

嫌いな魚が真ん中にドンと置かれた弁当を開けたときみたいな顔をしている。つまり昌紀はいま、嫌な物と向き合っているらしい。

さっきまで頭の中で思い浮かべていた紙が、また浮かぶ。『昌紀は、何のためにスマホを持っているのか？』答えは、『望みを叶えるため』だ。で、昌紀の望みってなんだ？そうだよ、売れることだよ。『売れるにはどうすればいいか？』その答えについて、俺はほんの少し前に考えていた。隅田さんの誘いに乗ればいいんだ。

あれ？　どこかで間違ってる。隅田さんに「やります」と言うために秘密でスマホを持つ必要はない。もう一回戻ろう。『昌紀が売れるにはどうすればいい？』


……あ。


家を特定されて、「力を合わせるって素晴らしいよね」と言ったとき、笑った昌紀の乾いた声を思い出した。そうだ。こいつは他人だ。いつも俺と同じことを考えるわけじゃない。

みずきさんを「冷たい」と言った昌紀の表情を思い出す。俺が知っているのは、昌紀の全てじゃない。

何より昌紀自身が言っていた。

「【リーサ】が突然十年前の事故のことをツイートして、そのあと、【西東京の住人】が淳弥が犯人だって言い出すまで二時間しか経ってない。事件もお前も知らない人間が、二時間でこんなことを言い出すのは不自然だよ」

そうだ。【西東京の住人】は俺を知っている。

そして昌紀なら、俺が西東京市出身なのも、免許を高校時代に取ったのも、家族も実家も知っている。

昌紀が【西東京の住人】？　……つじつまは合う。

『昌紀が売れるにはどうすればいい？』

ピンになればいいんだ。

相方が、ひき逃げ犯だと疑われて引退に追い込まれたら、みんなピンになった昌紀を応援する。すぐに隅田さんの仕事を受けてブレイクしても、誰も薄情だとは言わない。

そう、俺は昌紀にとって邪魔なんだ。

5

「食べてよね」

いつもの弁当屋のおばちゃんが、わざわざ俺の顔を覗き込んで言う。なんだかそれだけで領地に土足で踏み込まれたような不快感が起きる。さっきから何もかもが気に障る。申し訳ないが、立原さんの軽口も、それに大笑いしている三野・狩野もうっとうしくて仕方ない。

今日のライブに、濱中さんは出演しない。今日舞台に立つ一番の売れっ子は立原さんだから、いま楽屋のキングは立原さんだ。その立原さんが楽屋の隅に座っている俺に気づいた。

「なあ、淳弥。面白い話くらいしろよ」

昌紀が、ぱっと明るい顔になってこっちを見た。わかってる。これはチャンスだ。ここで立原さんに「面白いヤツだ」と思われたら、立原さんの番組に使ってもらえる可能性もある。いつもなら、発言権を与えられるかどうかわからなくたって面白いエピソードを三つは用意してきている。

でも、今日あるのはこれ一つだ。

――俺のことネットでひき逃げ犯にしたヤツがいて、誰だろうって相方と考えてたんですけどね。どうも、相方がその本人みたいなんです。

ひどい目に遭ったエピソードは、話し方次第で他人を笑わせられる。でも、俺にはまだこれを面白く話す自信がない。

「すみません。面白い話はないです」

三野・狩野は、明らかに軽蔑した表情になる。立原さんは顔色一つ変えずに、「そう言えばこの前な」とすぐに話題を変えた。

昌紀が近寄ってきて囁く。「稽古、しに行くか？」

あの非常階段に？　お前と二人きりで？

「いや、いい」

立ち上がって、おばちゃんから弁当を受け取る。炊き込みご飯とコロッケを口に詰め込みながら言い聞かせる。稽古はしないけど、本番はちゃんとやる。濱中さんがくれたチャンスだ。やり遂げる。

大丈夫。できる。舞台の上なら、昌紀の顔を真っ正面から見られる。

昌紀の顔を見ても笑える。

舞台って不思議だ。照明の中へ出て行くと、みんなはじけるみたいに大声と明るい表情になって目が輝く。でもその直前の暗い袖中《そでなか》では、スタッフや出番を待つ芸人が硬い顔で歩いている。最小限の目配せや動作、小声での会話で意思疎通が行われる。

「なあ、大丈夫か？」

昌紀の小声がこちらに向かって飛んでくる。暗さのせいで、俺より背の高い昌紀の顔はあまり見えない。助かる。

「なあ、何かあったか？」

聞こえなかったと思ったらしく、昌紀の声が少しだけ大きくなる。スタッフが、話し声をたしなめるようにこっちを見た。

「なあ」

「出番のあとにしてくれ」

そう言うと、昌紀は黙った。俺が集中したいんだと思ったのだろう。それは間違っていない。俺は、お前の存在を頭から閉め出したいんだ。

客に意識を集中する。今日の客は『硬い』。リアクションがあまりない。チケットの売れ行きは悪くなかったらしいのに。

いや、だからこそやりがいがある。こういう中でちゃんとやりきろう。濱中さんに恩返しをしないと。それだけを考えろ。

前の組が退場すると同時に、俺たちに向かってスタッフがさっと手を出す。「行け」の合図だ。舞台に出て、千回くらい繰り返してきた自己紹介を言う。

「ご来場の素敵な女性の皆様。この世で一番ムカツク言葉は何ですか？」

これを言うと、客席の数人は、「なんだろう？」という顔になる……はずだ。でも、今日は誰もその表情にならない。

ざらっと、口の中に砂が入ったような感触がする。今日の客席は、いままで体験したことがない。スレンダーズを誰も知らない客席には立ったことがある。みんながパンフに目を落としたり、「なぁんだ、知らないヤツじゃん」という顔で座り直す。でも、今日は違う。みんながぐっと乗り出すように俺に意識を向けている。客席が迫ってくるような圧を感じる。

客の目がこっちを見ている。興味と興奮で輝いてさえいる。

なのに、客は硬い。

「『浮気』と書いて『うき』と読みます。浮気淳弥です」

何人かが鼻で笑った。何人かは隣に座った連れに「マジだ」と言う。一人がこっそりこちらにスマホのカメラを向けている。

今日のネタは、養成所時代に作ったもののアレンジだ。だから、台詞はこんな状態でもちゃんと出てくる。でも、誰も笑わない。正確に言うと、ネタでは笑わない。だが、俺の声がかすれたりなんかすると笑う。

客が見たいのは、世の中の敵、殺人犯だ。わざわざ金を払ってまで来たのは、「そいつを見たよ」と呟くためだ。【漫才してた】じゃ面白くない。彼らは、本当にその場にいた人間しか語れない体験を求めている。【普通に漫才やってるのが怖いんだけどさ、どんなもんかと思ったら、誰も笑わないの】【声がかすれてた。芸人失格】【噂通り、うわきと書いてうきと読みます　のあいさつだったよ。センスなさすぎ】【殺人犯の顔って初めて直接見たけど、意外と普通で逆に怖い】

ああ、俺はまた、五分後から猛烈に叩かれるんだよ。それでまた、人生でちょっとだけ関わった人間が俺を思い出して、【あいつ実はさ】って書き出すんだよ。すれ違ったことさえない人間まで、【こういうタイプはさ】って語るんだよ。

いや、違う。よく知らない人間のことなんか考えてる場合じゃない。問題は、知らないヤツのフリした身近なヤツだ。俺の人生を、ゆっくり行き止まりに向けているのは、俺の隣で漫才をしているヤツだ。

昌紀を見る。昌紀もこっちを見る。目が合った。

途端に、出ていた言葉が止まる。

背中にドンという衝撃を感じた。昌紀の手が、俺の背中にある。

その瞬間確信した。こいつは俺の敵だ。

声がうわずって、他人の声みたいに遠くで聞こえた。


昌紀の部屋に持って行った物が少なくてよかった。荷造りは順調に進んでいる。

「なあ、うちはいつまでいてもいいんだぞ?」

昌紀は、部屋に散らばった私物を回収している俺に付いて回りながら言う。

「舞台での失敗、気にしてるのか? あれは仕方ないって。今日の客は異常だったよ」

異常? 異常なのはお前だよ。

「なあ、家は知られてるんだぞ。帰れないだろ? それとも、他に行くのか?」

何でお前に教えなきゃいけない?

「ひょっとして、実家に帰るのか?」

あーーー。ついに言ったな。『実家に帰る』。ただの帰省なら「ちょっと実家に行ってくる」だ。『実家に帰る』はこの夢を諦めるって意味だ。

俺は実家に帰る。スレンダーズは解散。昌紀は事務所に呼ばれて「どうする？」と聞かれる。昌紀は答える。「ピンでやっていきます。だから、隅田さんの仕事を受けようと思います」

「なあ、どうする気だよ」

昌紀の声と手が、こっちに向かってくる。俺は、肩に置かれた手を振り払った。

「お前なら、俺の出身地も知ってるし、事故のとき、地元にいたことも、免許持ってたことも知ってるよな」

「え？」

「そうだ、卒アルも見せた」

「話が見えないんだけど」

戸惑った顔がムカつく。ムカつくけど……昌紀、お前って人を陥れた上に、そんな顔を演技で作れるヤツだっけ？

「俺が邪魔なんだよな」

「え？」

「邪魔なら言ってくれよ。こんなことしなくたって、俺、お前を送り出すよ。いや……それはできない。俺、そんないいヤツじゃない。でも、ここまでしなくたっていいだ

「お前が何か打ってるのも見た」

「……スマホ、持ってるだろ？　この前見つけた。お前が何か打ってるのも見た」

昌紀の顔が、ゆっくりこわばってゆく。

「お前が【西東京の住人】なのか？」

昌紀は黙って腕の辺りをかきむしる。それから、ふうっと、心を決めるみたいに大きく息をして、分厚い、世界情勢の何たらというタイトルの本を本棚から出して、挟んであるスマホを出してきた。なるほど、最初の晩は突然俺が来たからちゃんと隠し損ねたが、いまはこんなところに隠してあったわけだ。

昌紀は慣れた様子でスマホを操作して、こちらに画面を向けた。画面の真ん中に、寝転んだ三角のマークがある。

「？」

促されるまま、三角に触れて動画を再生する。途端に、「イエー」と大きな声が聞こえる。みんな若い。全部で五人から七人。酔っているのか、ただ騒ぎたいだけなのかわからない。夜。見たことのない景色だ。

場所は、古い立派な寺の前らしい。

カメラに背中を向け、ロングコートを着た男が何かをカチカチ言わせている。ロングコートの上に見える襟足は、散髪したてできっちりした印象だ。

男がカチカチ言わせている物が見えた。スプレー缶だ。男は閉じられた寺の門に向かって、落書きを始める。

仲間がまた「イエー」と叫ぶ。スプレー男が振り向いた。昌紀だった。前髪が短くて、自信に満ちた両目がこっちを見る。

「東大生だぞ！　文句あるか！」

仲間たちが初めて、昌紀に近寄って肩を組んだ。

「……」

「大学入ったばっかりの年だ。年末年始で地元に戻ったら、仲良かったヤツらはもう働いてて……お前は変わった、もう俺たちとは違う人生だもんな、とか言われた。俺は何も変わってない、そう言っても、信じてもらえなかった。全然話題に入れなくて……言われたんだ。俺たちこれから飲みに行くけどさ、お前無理して付き合わなくていいよ。どうせ真面目だから、『未成年だし、お酒は』とか言うんだろ？　って」

その状況は目に浮かんだ。俺自身が大学へ行った人間に「無理に付き合ってんだろうなー」と思ったことがあるからだ。相手が東大生ならもっとだろう。

「俺は、いいこと思いついたからやろうぜって言って、これを提案したんだ。バカなことをやれば仲間になれる気がして」

「実際、仲間になれてたじゃん」

「ああ、そうだよ、この一瞬は。でも、しばらくしてこの動画がネットに出た。誰かが面白半分に流出させたんだよ。東大って名乗ったせいですぐに身バレして、さんざん叩かれて……就職活動でもまた掘り返された。大学の就職相談室で言われたよ。こういうのがあると、大手は無理だろうねって。それはよかったんだ。おかげで芸人になりたいって夢に進む踏ん切りが付いたから。でも、いまでも怖い。また叩かれるんじゃないかって」

「何て言われた?」

「【調子乗ってる】【この程度のことしか思いつかないって、ほんとは頭悪いんじゃやね?】【偏差値高くても、人間的にクズ】【こんなヤツ、偉くなったら日本の恥】【いまのうちに潰せ】」

昌紀がそこで黙ったのは、昌紀に向けられた批判がそれだけだったからじゃない。俺がもういいと、首を振ったからだ。

養成所にいた頃、昌紀が「お前東大だってな」って言われる度、嫌な顔をしていたのを思い出した。あの一回一回昌紀は、「大学時代の動画が掘り返されて叩かれるかも」って思ってきたんだろうか。

「だから東大隠してるのか？　スマホも持ってないフリして……」

「スマホは、ほんとに嫌いなんだ。あれ以来、触りたくもない。でも、あのとき俺のことを叩いたヤツがまた思い出したらと思って……怖くて、Twitter監視してる」

それが謎の、あの一般人のフォローってことか。

昌紀は、少し話しただけなのに疲れ切った顔をしていて、いつもより老けて見えた。

この話は本当に嫌なんだと思う。でも、これだけは聞きたい。

「隅田さんのピンの仕事を断ったのもそれか？　東大だって派手に世間に出て、また、誰かが気づくかもしれないから？」

これにどう答えるか、それは俺にとっては大問題だ。昌紀と俺の距離が、それで決まる。

昌紀は、自分の気持ちを確かめる間じっと黙ってから、口を開いた。

「それもある。でも、スレンダーズをやっていきたいっていうのはほんとだ」

「でも、スレンダーズも売れるぞ？　そしたら目立つ。お前が東大隠して前髪伸ばしたって、誰か気づくかもしれない。それとも……俺とじゃ売れないと思ってんのか？」

昌紀は俺から目を逸らさずに言う。

「売れないと思って、こんな部屋での生活、我慢できると思うか？　俺は売れたい。だから、いま、必死に覚悟決めてる。もう一度アレが起こっても、折れない覚悟」

昌紀がどんな地獄を見たのか、俺にはわからない。昌紀も説明したくはないんだろう。『アレ』について語る気は無いようだ。でも、昌紀はぽつりと付け加えた。

「俺には、淳弥がそういう目に遭って、どんな気持ちかわかる。それだけは、憶えといて」


味方がいるってありがたい。少なくとも、昌紀だけは信用できる。昌紀にだけは何を言ってもネットに流れることはない。たったそれだけのことが、こんなに安心できるって初めて知った。

たまに、その相手だからって気を許して書いたメールやLINEを、他の人間に転送するヤツがいる。前後のやりとりとか相手との関係性があって書いた文章を、一部だけ他人に渡してしまうヤツ。俺の毎日は、その連続だ。

その毎日に、ひとまず一人だけ、何を話しても大丈夫な人間が出来たのだ。

昌紀には言えた。「【西東京の住人】ぶっ殺してぇー」「【真のお笑い好き】のアカウント見直したんだけどさ、俺につっかかってくる割に、普段のツイートは、北海道旅行行ったとか、近所の人に土産貰ったとか、面白さのかけらもねーの」

もちろんわかってる。ただの悪口だ。でも、悪口を言ってすっきりするときってあるだろ？

俺には必要だったんだ。ちょっとしたストレス解消が。

でも、それどころじゃないことが急に起こった。

昌紀は、バイト先から帰ってきた時点で変だった。話しかけても上の空で、何度も水を飲んだり、テレビをつけては消したりしている。しばらく放っておくと、昌紀は「あのさ」と言って、やっと俺の方を見た。

「俺、お前のお母さんとお姉さんに紹介してもらったことあるじゃん？」

「ああ」

「あれ、一年半くらい前？」

「かな？」

「あのとき、お母さん、髪が短くて、パーマ当てて……」

「あー、うちの母ちゃん、ずっとあんな感じ」

「お姉さんは、髪、ちょっとだけ茶色くて、長くて」

「そうだったかな？　姉ちゃん美容師だからしょっちゅう変わるんだよ」

「いまはどんな髪型？」

どうしてこんなくだらないこと、真面目な顔して聞くんだろう？　思ったことをそのまま言ってみた。なのに昌紀はこの話を続ける。

「いまはどんな髪型なんだよ？」

こっちを向いた目が緊張を宿している。

「確か……ばっさり切って、ちょっとだけ前髪がある感じ」

昌紀は急に目の前のグラスに目を落とす。考えをまとめているみたいだから黙って待った。

「じゃあ……これ本当に最近の写真なのかな」

昌紀はそう言って自分のスマホをこちらに向けた。

そこには、二人の女の人が一軒の家から出てきて、どこかに行こうとしている写真があった。二人はキャリーケースを引いていて、年上の方はリュックを背負い、紫外線防止用らしい、つば広のダサい帽子を被って、首にスカーフを巻いている。若い方は、貴重品を入れているのだろう小さなバッグを斜めがけにしている。二人ともいかにもな旅行スタイルだ。かろうじて、目にはぼかしが入っている。

二人は、写真を撮られていることなんて意識していなくて、戸締まりをしたかどうかなのか、バスに乗るか歩くかなのか知らないけど、つまらない口喧嘩をしているようだ。家族の間だからこそ起こる、ささやかな言い合い……。

二人をよく知っている俺には、声まで聞こえそうだ。

その写真を世界に晒した【だーちゃん】のツイートには、こんな文章が書かれている。

【殺人犯の母と姉、のんきに旅行へ。凄い神経。さすが、時効を平気で待つ人殺しの親族は違うね】

もう一度写真を見る。昌紀の質問の意味がよくわかった。昌紀が確かめようとしていたことを俺も確認する。

母ちゃんの髪型は、いつもこんな感じだ。だから俺の実家の前で撮られたこの写真が、最近の物かはわからない。でも……姉ちゃんの方は確実に、この前うちに来たときの髪型だった。

「これ……最近だ。少なくとも姉ちゃんのこの髪型、年末以降」

昌紀は何も言わない。

何だか心臓がうるさくて、考えがまとまらない。でもわかってる。この写真が世界に晒されている意味を考えなきゃ。

俺の実家は、少し前に誰かに割り出された。だから写真を辿って場所を突き止めたヤツはいるだろう。でも、それをやったヤツが、たまたま思いついて俺の実家まで行ってみて、そのときにたまたま母ちゃんと姉ちゃんがこの恰好でどこかに出かけようと出てきて、この写真が撮れたってことがあるだろうか？

ないとは言えないけど……でも、誰かが二人を見張ってたって考える方が自然だ。

「……」

すぐに母ちゃんに電話をかける。向こうは、のんびりした様子で出た。「なに？　いま忙しいのよ」

「もしかして旅行中？」

笑い声が返ってきた。

「どうしてわかったの？　以心伝心？」

表札に電話番号を書いて出す家もあった時代に育った人に、いまの危機的状況はピンとこないのかもしれない。

「姉ちゃんに代わって」

「この旅館、いいわよ。当たり。いまお風呂行くとこ」

「なんでこんなときに旅行してるんだよ」

いつからだろう、親が愚かに見えるようになったのは。

「だって、お姉ちゃんが職場であんたのことをお客さんから聞かれるって」

母ちゃんは、それだけで説明し終えたみたいに、言葉を切った。

「……俺のせいか」

最近俺の周りで起きるひどいことは、たいてい俺のせいだ。

「責めてるんじゃないのよ。ただ、そういうこともあったし、お店も困ってるみたいだったから、思い切って二人でゆっくりしようかって」

店に居づらくて、やっと辿りついた宿は快適そうだ。邪魔するのは悪い。

「ね、お姉ちゃんに代わるのね?」

「いや……」

姉ちゃんだって、いまはゆっくりしたいはずだ。自分たちが見張られてるなんて知りたくないはずだし、見張ってるヤツだって、旅行先にまでは行ってないだろう。たぶん。

「いまどこ?」

「群馬のどこだかって温泉。ちょっと離れたとこでね、周りに何もないの。えーと、どこか調べた方がいい？　パンフレット見ればわかると思うんだけど」

ゴソゴソ音が聞こえる。「いいよ」と止めた。姉ちゃんはしっかりしている。観光客が押し寄せる温泉じゃなくて、あまり人と会わずにすむ場所を選んだに違いない。

「姉ちゃんは呼ばなくていい。それより、いつ家に帰るの？」

「明後日」

「迎えに行く。駅に着く時間決まったら教えて」

電話を切っても、手が震えていてスマホを置くのに手間取った。


実家には昌紀も付いて来てくれた。母ちゃんと姉ちゃんを家に入れたあと、二人で三回近所を見回った。怪しい人間はいなかった。


自分たちが旅立つ姿を他人のツイートの中で見てから、姉ちゃんは明らかに機嫌が悪い。姉ちゃんは、『怒ってる』だけじゃなく、『焦ってる』も『心配してる』も『戸惑ってる』も全部機嫌が悪くなるから、いま何を感じているのかは正確には判断できない。母ちゃんの方は、「ねえ、お姉ちゃん、お隣にお土産渡してきてよ」と、荷ほどき中の荷物の真ん中に座って菓子折を差し出した。

「いや、いまお土産とか渡してる場合じゃないから」

俺が言うと、母ちゃんはものすごい常識知らずのようにこちらを見る。

「どうしてよ」

「また誰かが見てたら、【浮かれてる】って叩かれるよ？」

「見られないようにすればいいんでしょ？　お隣だけよ」

「そのお隣が信用できないだろ！」

「嘘」

母ちゃんはそう言って、一応昌紀を見た。昌紀が頷く。

「見回りに行って、怪しい人はいませんでした。それは、いまはいないってことかもしれませんし、もしかしたら、あの写真を投稿したのはご近所かもしれないってことでもあります」

昌紀の冷静な説明は、俺の言葉より母ちゃんに刺さったらしい。母ちゃんは、心から傷ついた顔になる。子どもの頃から信じていた世界が崩れたみたいに、母ちゃんはうなだれておとなしくなった。まだ五十半ばだけど、そうしているとおばあさんみたいだ。

「まったく！」

姉ちゃんはまた一段と不機嫌になって、押し入れを開けてキャリーケースを押し込もうとしている。

手伝おうとして、押し入れの中の、変な置物に目がとまった。プラスチック製の、カッパだか犬だかわからない変な生き物の人形だ。

「……これ、どうしたの？」

「気持ち悪いでしょ？　伯父さんから」

姉ちゃんがキャリーケースと格闘しながら言う。うちは、父ちゃんが死んでから、そちらの親戚とは付き合いがなくなった。うちで『おじさん』と言えば一人だけ。母ちゃんの兄さんだ。性格は悪くないが、センスが悪い。

「こういうゆるキャラ、流行ってんの？」

「流行ってるわけないじゃない。こんな気持ち悪いの、見たこともない」

と姉ちゃんは気味悪そうに人形を突《つつ》く。でも俺は、この人形を見たことがあった。割と最近。

「こっちが北海道のお土産渡したから、何かお返ししなきゃと思ったのよ」

母ちゃんが自分の兄をかばうように言う。

「北海道、行ったの？」

「言ってなかったっけ？　先月」

責めたわけじゃないのに、姉ちゃんは「母さんだけよ。わたしは行ってない」と付け加える。

昌紀の方が、先に気づいた。

「どうかしたのか?」

スマホを出す。あるTwitterを遡ると、そこにあの人形が写っていた。もう少し遡ると、北海道旅行の話題が出てくる。【真のお笑い好き】のツイートだ。

昌紀を見た。昌紀は驚きで目を見開いていて……つまりは俺と同じ結論に達したらしい。

「それに、俺の卒アルはここにある」

そう、【真のお笑い好き】は、俺に詳しい。事故のとき、俺が実家にいたと知っていた。そして俺の卒業アルバムの写真を投稿した。間髪をいれずに。そんなこと、予《あらかじ》め写真を保存してあったか、手元に卒業アルバムがないと無理だ。

「母ちゃん、Twitterやってる?」

「……やってない」

「大事なことなんだよ。嘘はやめて」

母ちゃんは首を振る。だが、姉ちゃんが割って入った。

「やってる」

「【真のお笑い好き】?」

「そう」

母ちゃんを見る。さっきおばあさんみたいに見えた母ちゃんが、いたずらが見つかった子どもみたいにばつの悪い顔をしている。

「なんだよ、それ。やたら俺に突っかかってくんの、なんで?」

母ちゃんは答えない。だが、沈黙じゃこの場は乗り切れないと思ったのか、「だって、お姉ちゃんが」と言う。こんなにいかにもな言い訳口調、なかなか聞くことはない。

「わたしのせいじゃないでしょ?」

姉ちゃんは迷惑そうだ。

「だって、お姉ちゃんが」

母ちゃんはもう一度言ってごまかそうとしたが、昌紀に見られていると気がついて、覚悟を決めた。

「だって、淳弥が何か呟いたって、【かっちゃん】くらいしか反応ないんだもん。お姉ちゃんが、褒めるよりけなす方が注目を浴びることがあるって言うから……わたしがあんたのアンチになったのよ」

『アンチ』のアクセントがちょっと変だ。母ちゃんなりに、必死でTwitter界を理解しようとしてくれたんだろう。

「やるって聞かないんだもん」

疲れた声でそう言った姉ちゃんは、恐らく俺が知らないところで何時間もかけて「アンチがいれば盛り上がるってわけじゃない」と説明し、それでもやるという母ちゃんにTwitterのやり方を教えたんだろう。そこから母ちゃんが自分でツイートできるまで、二人で何時間もかけた。あの写真みたいに、二人で文句をぶつけ合いながら。

俺のために。

「ありがとう……」

そう言うと、母ちゃんは埃を払うみたいに手をぶんぶん振ってから、くしゃみを一つした。

夕食はみんなで食べた。旅行に行く前から冷蔵庫に入っていた食材と缶詰を組み合わせたありあわせだったけど、味噌汁は変わらず母ちゃんの味噌汁だったし、ご飯は浮気家流の硬めで、姉ちゃんが作った炒め物は、まだ弟が十代だと思っているみたいに量が多かった。

自然と、昌紀は元々父ちゃんが座っていた席に座ることになった。そこに誰かが座ったのは、父ちゃんが死んで以来初めてだ。俺の友人が来たときは、狭いけど自分の隣に座らせた。父ちゃんの席に座った友だちを見てしまうと、それまでと変わらず付き合えなくなりそうだったからだ。姉ちゃんも彼氏を連れてきたとき、絶対に父ちゃんの席には座らせなかった。彼氏に父ちゃんみたいになって欲しくなかったんだろう。

なのに、どういうわけか昌紀はすんなり座った。

それが悪くなかった。

昌紀は、嫌いな干物も気を遣って食べて、調子に乗った母ちゃんが、「一昨日わたしの誕生日だったから御祝いしてよ」と言い出して近所に渡すはずだったお土産の上に無理矢理ろうそくを立てた。

俺は母ちゃんの誕生日なんか忘れていた。でも、姉ちゃんは覚えていたから温泉に連れ出したんだろう。この人には頭が上がらない。

夕飯のあと、四人でテレビを見て、昌紀は母ちゃんと姉ちゃんの質問に丁寧に答えた。「事務所ってどういうとこ?」「みんな優しい?」「芸人仲間とはどんなこと話すの?」

そんなこと俺に聞けばいいじゃん、って話ばかりだったけど、他人に説明される方が納得できるんだろう。俺は口を挟まず、洗い物に専念した。

寝る時間になって、やっと昌紀を俺の部屋に入れた。子どもの頃から大事にしている漫画とか、運動会で貰ったメダルが未だにある。昌紀はどれも興味深そうに見ていたが、特に何も言わなかった。こんなときじゃなきゃ、この部屋に詰まった俺の恥ずかしい過去の話なんかして盛り上がって、それでネタを作ろうってなったんだろうけど。

昌紀が聞いたのは二つのことに関してだけだった。一つ目は——、

「淳弥のお父さん、亡くなったんだよな?」

「うん」

「十歳のときだっけ?」

「そう」

「そのあと、三人家族か。いい家族だね」

「普通だよ」

「わかり合って、助け合ってる感じがする」

確かに、母ちゃんと姉ちゃんと俺は、父ちゃんが死んでからわかり合ったし、だからまあ、助け合ってもいると思う。

俺が何も言わないのを見て、昌紀は二つ目の質問をした。

「ひき逃げ事故があったのって、この近く?」

「近くってほどじゃない。車ならすぐだけど、歩くと三十分くらいかかるんじゃないかな?」

「明日、連れて行って」

その日、本格的に眠りに入る直前、十歳のあの日の気分を思い出した。

父ちゃんが死んで半年以上経った学年の終わり、先生が『四年生の思い出』というタイトルで全員が作文を書いて文集にまとめようと言った。「一年で一番印象に残っている出来事を書きましょうね」って。

そのあと先生は、すぐに俺の近くに来てこっそり付け足した。

「お父さんのことは書かなくていいのよ。何か楽しい思い出もあるでしょ？　それを書いて」

俺は、一年で一番印象に残った出来事を書くなら、やっぱり父ちゃんが死んだことを書かなきゃいけないんじゃないかと思った。だから書いた。書いている間に何度も鉛筆の芯が折れたのを憶えている。

でも、俺は書いてほっとしたんだ。父ちゃんが死んだときに俺が感じた気持ちをちゃんと言葉にできて、何かが終わった気がしたから。これで四年生が終われるなと思った。

その作文は、先生の気に入らなかったけど――。

6

ここってちゃんと来たことあったっけ？　記憶を辿りながらも、顔を上げられない。

「なあ、こんなとこいるの見られたら、俺、また何言われるかわかんない」

昌紀は、「わかってる」というふうにこちらに手のひらを向けて、それでも観察をやめない。

この辺は、駅から遠いし繁華街でもない。普通の住宅とその間に畑がある。知り合いでもいなければわざわざ来る場所でもない。俺も多分、中坊の頃に当てもなく自転車を走らせていて通りかかったくらいだろう。

目の前に、片側を崖で視界を遮られた、ぐーっと曲がった道がある。これが魔のカーブだ。

想像していたのとは違うとも、ほぼその通りとも言えない。幼稚園児が轢かれたわけだから、家はもうちょっと多いかと思っていた。いや、でも考えてみると、家が建て込んでいれば誰かが異状を感じて窓から顔を出して逃走する車を目撃したはずで、ひき逃げ犯が十年も逃げていられるってことは、やっぱり寂しい場所での事故だったんだ。

そうだ。俺は地元だから、なんとなくこの場所がわかっている気がしていた。でも、違った。ちゃんと訪れたこともなかったし、騒動が始まったあと、改めてGoogleマップで見てみようとも思わなかった。だって俺はその事故と関係ねーし、とだけ思ってきた。

昌紀が、右を見て左を見て、振り返ってからもう一度前を見る。その顔が急にくしゃっと潰れたみたいにしぼみ、昌紀はそのましゃがんで手を合わせた。

昌紀が向いている先の、何もない地面を見る。舗装された道路の端。木の葉が溜まって踏み潰されている。

でも、昌紀は拝んでいる。ここがたぶん、十年前に小さな女の子が命を落とした場所だから。

あの日――立ち上がって手を挙げる猫の【くるみちゃん】が死んで、そのことを飼い主の【リーサ】が投稿した二月五日。俺がこの事故を思い出し、あくまで他人事として「許せねー」なんて思っていた日、正義感と興味が半々の状態で拾った記事の記憶を掘り返す。

美鈴ちゃんは、六歳の誕生日を迎えたばかりだった。幼なじみの男の子が美鈴ちゃんの家に遊びに行こうとしていた。美鈴ちゃんは、それを見つけて道に出てきた。カーブを曲がって来る間、運転手は目の前の畑と、向こうに見える線路にでも目をやっていたんだろうか。だから曲がった途端、崖で遮られていた視界のすぐ向こうに、小さい女の子が見えて慌てた。そしてそのままはねた。

十年前、この道は舗装されていなかった。だから、近所の人が駆けつけたことでタイヤ痕が消えてしまった。でも、そもそも目撃者が「車はブレーキもかけずに突っ込んできた」と証言している。ブレーキ痕なんて出来なかったんだろう。

目撃者は語ったという。「美鈴ちゃんをはねたあと、車はスピードを落としたが、止まらず走り去った」と。

目撃者は美鈴ちゃんに駆け寄って、そのまま寝かしておいては危険だと判断し、抱き上げて路肩に動かした。そして救急車を呼んだ。

救急車が到着する前に、美鈴ちゃんは死んだ。

幼なじみが泣き叫び、部屋で休んでいた母親が気づいて家から飛び出してきた。それからのこと、記事にはなんて書いてあったっけ？　幼なじみの母親が美鈴ちゃんの家に走って行って事故が起きたと伝えたんだっけ？　それとも近所の人が集まってきた？　その間、幼なじみの男の子——そうだ、幸太君といった——あの子はここでどうしていたんだろう？

何が起きているか理解できたんだろうか？

目の前で、生から死っていう、絶対に後戻りできないことが起こってるって。

案外わかったのかもしれないな。俺の場合、十歳だったけど、父ちゃんの死はわかったから。『死』を理解してたというより、母ちゃんの表情とか、緊張とか、姉ちゃんのピリピリした恐怖で、何か大変なことが起こってるって感じた。自分より大きな人たちが、間違ったピースを無理矢理はめ込んだパズルみたいにどこか不安定な世界であたふたしているのを、小さな身体で見上げながら、何か踏み越えてはいけない線をみんなは越えちゃったんだな、と思った。道路の白線から外れたらワニに食べられちゃうっていうお気に入りの遊びの、あの、ワニのいる川にみんなが落ちちゃって、俺はまだちゃんと白線の上にいるんだけど、ただみんなが一斉に川に落ちたから——日常を放棄してしまったから、俺はもうびっくりして、訳がわからなくて泣いていた。

幸太君も、そんな感じだったんじゃないかな？　見知らぬ男の人が、慌てて幼なじみを抱きかかえていたり、家から出てきた母親が何か叫んでいたりするのを見て、これはもう、取り返しがつかないことが起きたんだって。

目の前の地面を見る。ここで何が起こったかを詳細に想像しなければ、平気で踏んで歩けるような普通の道路だ。

でも、もうそこを踏めない。

昌紀は合わせていた手をだらんと垂らし、立ち上がって地面を見ている。俺も手を合わせようとしたけれど、見知らぬ女の子に言ってあげられる言葉が見つからない。「犯人が捕まるといいね」なんて無責任な気がしたし、「お空で元気で遊んでね」とも言えない。俺なんかが願わなくたって、本当に彼女を愛していたたくさんの人たちがそれを願っただろうから。

昌紀が、何日も声を出していなかったみたいにかすれた声で言う。

「調べてみたんだ。ひき逃げ犯が捕まらなかった理由。普通、ひき逃げの捜査ではまず、車を特定する。この事故の場合、目撃者は車の型を特定できず、ナンバーも憶えてなかった」

「紺だって色だけ憶えてた」

昌紀が頷く。

目撃者は責められない。俺だって、目の前で女の子が轢かれたら、とっさに車のナンバーを見たりできない。もし見られたとしたって、その後女の子を移動させて、通報して、亡くなっていくのを見届けたりしたらとても憶えていられない。

「事故のあと、集まってきた近所の人たちが、足跡でタイヤ痕を消してしまった。美鈴ちゃんのお母さんを呼びに行ったり、自宅に救急箱や毛布を取りに戻ったり、救急車より早く美鈴ちゃんを病院に運べるんじゃないかと思って、自家用車を乗りつけたりしたからだ」

それも責められない。みんな、近所に住む小さな女の子を助けようとしたんだ。

目撃者の気持ちはわかる。

幸太君の気持ちもわかる。

近所の人たちの気持ちもわかる。

女の子を轢いてしまって、一瞬逃げたくなる気持ちだって、正直わかってしまう。

でも――。

「犯人、ムカつく」

俺の呟きとほとんど同時に、昌紀が頷いた。

美鈴ちゃんの家の前から魔のカーブを越える。するとすぐに見えるのが幸太君の家だ。その家のチャイムを鳴らす勇気が出たのは、何かしたかったからだ。何かできると勘違いしていたわけじゃないけど、それでも、そのまま母ちゃんのパートの終わりを見計らって迎えに行って家に送り届け、姉ちゃんの美容室の閉店時間にやっぱり店の近くまで行って姉ちゃんと合流して家まで一緒に戻り、みんなでご飯を食べて「ああ、今日何も起こらなくて良かった」で終わらせちゃいけないと思ったのだ。

だが、幸太君のお母さんには、共感してもらえなかった。お母さんは俺が誰かわかると（そしてすぐにわかったから、あの人はよくネットを見てる）、帰ってくれと低い声で言った。幸太君は家の中にいるようで、びっくりするほど大きなスニーカーが、玄関に乱暴に脱ぎ捨てられていた。

お母さんは、俺にはそのスニーカーを見る権利もないかのように、俺たちを玄関から門の方へ押してゆく。身体には触れない。ただ、圧力で押してくる。

「幸太は、ずっと美鈴ちゃんの右手を握ってたんですよ。わたしが駆けつけたとき、両手に血が付いて、美鈴ちゃんの手形が残って……あんな経験、思い出せって言うんですか？」

お母さんの声は落ち着いていていて、長い時間をかけてあの悲劇を塗り込めたんだとわかる。その塗り込めた壁を崩す権利は俺たちにはない。

美鈴ちゃんの家には、さすがに行けなかった。美鈴ちゃんの母親も俺のことを知っている可能性は十分にある。顔を見るだけで不愉快だろう。

「お前、どうしたい？」

昌紀が聞いてくる。

「もう少し、事件のことを知りたい」

「他に何か知ってそうな人は?」

【リーサ】の投稿を思い出す。

「【リーサ】なら……【リーサ】は【くるみちゃん】を美鈴ちゃんから貰ったわけだろ? 美鈴ちゃんを親友だって書いてた。そもそも幼稚園児の友だちってそんなに数は多くない」

「近所の子か、親の友だちか、同じ幼稚園……」

「幼稚園か……」

それはありそうな気がする。

「この辺の幼稚園って言えば……」

俺が記憶と格闘している間に、昌紀がさらっと「こばと幼稚園」と言った。

「なんで?」

「新聞に書いてあった」

昌紀がリュックから十年前の新聞のコピーを出す。その封筒に見覚えがあった。あの、うちに誰かがわざわざ投函しに来た封筒だ。

「そんなの……持ってたのか」

「事故の記事がよくまとまってる。役に立つ」

ものすごい皮肉だったが、確かにそのコピーは役に立った。

こばと幼稚園まで歩く間に、昌紀と何をどう話すか作戦を練った。でも、予想はしていたが、幼稚園では【リーサ】について教えてもらえなかった。ただ、園長の完全な拒絶を見て俺も昌紀も確信した。【リーサ】は美鈴ちゃんの幼稚園の友人で、園長先生はそれが誰だか知っている。

だからって、何回訪ねたって先生は話さないだろう。

どうすればいい？


昌紀と一緒に迎えに行ったので、母ちゃんは何だか嬉しそうだった。男二人に付き添われて、「悪いわね、お姫様でもないのに」と何度も繰り返している。

この歳になったから言えることだけど、母ちゃんはあまり男運が良くない。父ちゃんが母ちゃんをお姫様みたいに扱ったとは思えないので、この程度で嬉しいのだろう。

家の近くまで来たときに姉ちゃんからLINEが来た。【早上がりする】とだけ書かれている。たぶん、俺のせいで予約がキャンセルになったんだろう。つまりは、姉ちゃんはいまものすごく機嫌が悪いんだろうなと想像できた。

行きたくない。昌紀に押しつけたい。

でも、お姫様になりきれない母ちゃんは、昌紀のリュックが重いんじゃないかと心配して「わたしが持ちましょうか」なんて言い始めている。昌紀に行ってくれなんて言ったら、母ちゃんが代わりに姉ちゃんを迎えに行きそうだ。しかたない。母ちゃんのことを昌紀に頼み、姉ちゃんの店を目指す。

姉ちゃんは思った通り機嫌が悪かった。でも、ギリギリのところで俺を責めるのは我慢して、「あんたが悪いわけじゃないけどさ」と言った。

「こういうことあると、人のこと信用できなくなるよね。あのお客さんとだって、もっと仲良くなれてるつもりだったし、店長だって信用できる人で、事故と浮気さんは無関係ですってちゃんとかばってくれると思ってたのに。ほんと、いままでよくわかってたつもりの人が、なんか違って見えてくる」

「俺……昌紀のことも疑った」

姉ちゃんはいきなり、俺の脇腹をどついた。「ばかじゃないの?」

「うん」

姉ちゃんは俺が言い訳しないのを見て、俺が充分凹んでいるのを察したのだと思う。

「早くこんなこと終わればいいいね」

とだけ言った。

姉ちゃんを連れて戻ると、玄関に女物の華奢な靴が置かれていた。姉ちゃんも「あれ?」という顔でこちらを見たから、姉ちゃんの知り合いでもないいんだろう。

リビングから高い笑い声が聞こえてきた。声に聞き覚えがあるというより、この雰囲気を知ってる、という感じがする。声の主を見て、その理由がわかった。高校に行くと、いつもドアを開けるより前に笑い声が聞こえた黒沢ひなたさんがいた。

黒沢さんは、簡単に言うと『目立つ女子』だ。サッカー部のマネージャーで、勉強は上の下。人懐こくて、先生にも気軽に話しかける。みんなをとりまとめるのが上手くて、いつも誰かと一緒にいる。だから、教室で黒沢さんと二人きりになるのは貴重な体験で、つまりちょっとわくわくした。

当時とほとんど印象が変わらない彼女は、俺を見ると「久しぶりぃ。わたしの名前憶えてくれてる?」と言い、俺が、

「黒沢さん……」

と答えると、

「ひなたでいいよぉ」

と突然ハグしてきた。こんな感じの人だっけ？

黒沢……いや、ひなたさんは、「ネットで騒ぎになってるのを見て、浮気君大丈夫かなって思ってたのね。そうしたら帰ってきてるっていうから」

と眉の辺りに心配を載せたまま言う。来てくれたことが嬉しくて「ありがとう」と言ったものの、ちょっと引っかかった。

「帰ってるって、誰に聞いたの？」

ひなたさんは、黙ってスマホを見せた。そこには、この辺りの道を歩く、昌紀と俺の姿があった。

「Twitterに、この写真が投稿されてた」

服装と、背後の景色からわかる。こばと幼稚園に向かっている写真だ。誰かに見られていたらしい。投稿したのはまた【だーちゃん】だ。

【だーちゃん】のカウントダウンも続いている。十九日と五時間と少し。

「わたしね、ずっと心配してたんだよ、こんなことになってから。みんな浮気君のこと知らないくせに、色々言ってるし」

そう言って、ひなたさんは眉をひそめてちらりとこちらを見る。相変わらず可愛い。

「わたしなりにね、浮気君はそんな人じゃないよってツイートしてるんだけど、一般人のわたしのアカウントじゃ、助けにならないよね」

ひなたさんが見せてくれたアカウントは、確かにフォロワーも八十九人だ。高校時代は人気者だったのに意外と少ないな、と思う。

「ありがとう。でも、俺の肩持つと、叩かれたりするんじゃない？　大丈夫？」

ひなたさんは「平気」と言ったあと、付け足した。

「こっちで何してるの？」

キッチンで夕食の準備をしている母ちゃんと姉ちゃんに聞こえる可能性があったので、二人を守るために帰って来たとは言わずに、

「事件のこと、知りたくて」

と答えた。

「例えば？」

「【リーサ】って誰だろう、とか」

ひなたさんが、「あ」という顔になる。その顔は、少し離れて話を聞いていた昌紀も見逃さなかった。

「ひなたさん、まさか知ってる？」

ひなたさんは、話していいのか迷うようにちょっと身体をくねくねしてから口を開い

た。

「片原町ってあるでしょ？　あのあたりの西岡さんちの女の子」

「どうしてわかるんですか？」

ひなたさんとの距離感がまだ上手く摑めなくて、思わず敬語になる。

「美鈴ちゃんと同学年だし、あの辺なら同じ幼稚園でしょ？　あとね――」

ひなたさんは、【リーサ】のツイートを見せる。そこに、【くるみちゃん】の姿が写っていて、その奥に特徴的なカーテンが見えた。

「その家とカーテンが同じ」

ひなたさんの名探偵ぶりに感謝だ。

ひなたさんを送り出すと、母ちゃんたちに「すぐに戻るから」と断って片原町に向かった。


二月の下旬。日が暮れるのは早い。人通りの少ない道をうろうろしていると、ライトをつけた自転車が向かってきた。私服姿だが、高校指定のバッグを持っている。多分、【リーサ】だ。

「あの、【リーサ】さんじゃないですか？」

話しかけると、ビクッとする。当たり前だ。

「怪しい者じゃないです」

こんな台詞、本当に言う日が来ると思わなかった。

「もし良かったら、美鈴ちゃんのことを教えて欲しくて……」

【リーサ】は気が強い女の子みたいだ。俺を睨んで「あなた、浮気でしょ」と言う。

否定しても仕方ないから頷いた。

「どうして浮気が美鈴ちゃんのこと聞くわけ？」

「事件について知りたくて……」

「はぁ？」

「俺、ひき逃げ犯じゃないです。ひき逃げ犯を捕まえたいんです」

【リーサ】は「わたしだって知らないから！　幸太に聞けば？」と言う。だんだん声が大きくなっている。

昌紀が落ち着かせようと、「家に行ったけど、会わせてもらえなかったんです」と言う。

「じゃあ、あけぼのに行けば？」

収まらない【リーサ】の声より大きく、「ちょっと君たち！」と男の声がした。

乱暴じゃないのに、きっちりこちらを封じる強い力を持った声だ。声の主は【リーサ】

に向かって言う。

「安心しなさい。わたしは警察です。彼らのことは任せて家に入りなさい」

【リーサ】は、もう一度俺を睨んで、家の中に消えてゆく。

警察と名乗った人は、私服姿で犬を連れていた。多分五十を越えている。髪の半分が白髪だが、頬が引き締まって印象は若い。

「君たち、ここで何をしてるんだ」

警察官に質問されていると思うだけで慌てる。「あの、俺はここの出身で、あ、こっちは違うんですけど」と昌紀を指す。

「君たちが誰かは知っている。それで、何をしているか聞いてるんだ」

険しい顔で警察官は言った。


連れて行かれたのは一軒の家だった。【リーサ】の家のすぐ近く。

その警察官・柿本さんは、ちょうど非番で、飼い犬の散歩中に【リーサ】が声を上げるのを聞いたそうだ。

俺の代わりに昌紀が理路整然と説明してくれたおかげで事情は伝わって、お茶が出てきた。

恐縮しながら薄いお茶を頂き、俺は「犯人が赦せなかったんです」と付け加えた。

柿本さんは、俺の顔をたっぷり十秒見てから話し出した。

「わたしはね、あの日、最初に現場に駆けつけたんだよ」

「え……」

「だから、君たちよりずっと長くこの事件について考えてきたし、ずっと犯人を捕まえたいと思っている。だから、君には感謝している」

「どうしてですか？」

「もう十年だ。事故は風化してしまって、情報提供はほとんどなくなっていた。でも、SNSで事故のことが話題になってから、また情報提供の電話がかかってくるようになったんだ」

柿本さんはそう言って、「そうか、西岡さんのところのお嬢さんが【リーサ】だったのか」

独り言のように付け加えた。

【リーサ】の投稿は、こんな影響も与えたらしい。

「特に君が犯人だって言われてから、色々な情報が来る。もちろん、ほとんどは役に立たないけどね」

「はあ」

「どうして役に立たない情報がたくさん来ると思う？」

「悪ふざけ、ですか？」

「そうじゃない。君と同じだよ」

柿本さんはそう言ってこちらを見た。鋭い目だ。顔の筋肉の動き一つ、見逃さない気迫を感じる。

「『犯人を赦せない』みんなそう思っている。だから、君を犯人に出来そうな情報をたくさんの人が持ってくる」

「でも、俺たちは嘘を吐くつもりはなくて、事件について調べて何かわかればいいなって……」

「電話してくる人だってそうだ。美鈴ちゃんを気の毒だと思う。このまま時効になっちゃいけないと思う。すると、事故の日、君を見た気がしてくる。君が怪しいことを言うのを聞いた気がしてくる。本人にしてみたら役に立ちたいと思っているだけで、嘘を吐いているわけじゃない」

静かだが張りのある声が刺さった。俺はひどい目に遭ってる。俺の家族も遭ってる。なのに、それに荷担している何人かは、俺と同じ気持ちだなんて……。

「何かしたいのはわかった。でも、この辺りで色々と聞いて回るのはやめなさい。反感を買うだけだ」

「もちろん、気をつけます」

誠意を込めて言ったつもりだったのに、柿本さんの表情は、出会ったときのように険しくなる。

「どう気をつける？」

「どうって……」

戸惑っている間に、柿本さんは胸をぐいと反らせてこちらを威嚇する。お茶を出してくれた優しいおじさんが、一瞬にして警察官に戻る。

「遺族はもちろん、幸太君もその家族も、このまま時効にはしたくないだろう。でもね、辛い、悔しいと思いながら、彼らはやっとここまで生き抜いたんだよ。十年かけてゆっくりゆっくり、自分の人生の中にひき逃げ事件があったって事実に慣れたんだ。美鈴ちゃんのお母さんは、自分が娘から目を離したからあんな事故が起きたんじゃないかと後悔している。幸太君の母親は、自分がうたた寝したから幸太君が出かけてしまって、それを見た美鈴ちゃんが飛び出したんじゃないかと責任を感じている。幸太君は大きくなるにつれて、自分が美鈴ちゃんに声をかけなければ美鈴ちゃんは道の真ん中で立ち止まらなかったんじゃないかと考えるようになったそうだ。時効になったからって悲しみが癒えることはない。ただ時効になれば、三人とも、あのとき自分は間違ったんだから、せめて美鈴ちゃんのために犯人を見つけなきゃいけないんじゃないかって義務感からは解放されるんだよ。犯人逮捕の手がかりになるかもしれないと思って、いまも消さないように頭の中に残してあるあの日のことを、やっと忘れてもよくなるんだ。わたしは、そういう時期がやっと来たんだと思ってる。時効って言ってもね、その日までにただ犯人を見つければいいってことじゃない。時効までに起訴しなきゃいけないんだ。起訴するってことは、犯人はこいつだってだけじゃなく、あの事故で何が起こったか事実関係を整理して、書類にして、裁判所に提出しなきゃいけない。時効まであと三週間ないんだよ。全く犯人の目星も付いていない状況で、まず不可能だ。わかるだろ？　そういう状況なんだよ。わたしだって犯人は捕まえたい。でも、ここまできて蒸し返すのは残酷すぎる。君がどう気をつけたって同じだ。やめなさい」

子どもの頃、自分でも自分が悪いってわかっている状況で叱られたときのように、胸の中にあった自信がくしゃっと潰れていくのを感じた。

「俺なんです」

昌紀が言う。

「俺が淳弥を事故現場に連れ出して、俺が……」

柿本さんは、かばおうとする昌紀の言葉を手で遮った。

「もしどうしても何かしたいなら……目撃者と話してみたらどうだ？　彼は幸太君と違って当時から大人だったし、ここらの人じゃないから」

俺が何も言い出せないうちに、昌紀はメモを取り出して「教えて下さい」と言う。

「わたしからは言えない。でも、当時、事故を扱った雑誌の一つが、その人の名前を載せていた」

昌紀は「ありがとうございます」と頭を下げる。慌てて俺も頭を下げた。


次の日、電車に乗って大きな図書館に向かった。結構手こずったけど、二人で手分けしてその週刊誌を見つけた。

『品川区在住の三浦義人さん（二十八歳）』とあった。いまは三十八歳ってことだ。その情報だけで早速ネット検索をかける。『三浦』も『義人』もそんなに珍しくないから、Facebookで何人かヒットした。その中から、年齢が該当しそうな人を選び、プロフィールを確認する。中に一人、『品川区在住』がいた。勤めている会社も書いてある。

昌紀がすぐに、会社の住所を調べてくれた。宣伝用品の企画、製造、卸が業務内容だとホームページに書いてあるから、客だと言って訪ねたら会える可能性が高い。

そこまで昌紀と確認したところで、母ちゃんと姉ちゃんを迎えに行く時間になった。

夕食の時間に「週明け、調べることがあるから留守にする」と言ったら、意外なことに姉ちゃんの方が不安そうな顔をした。

昌紀が風呂に入っている間に、こっちに来てからわかった事実を整理してメモを作った。事故現場の場所。幸太君の母親が息子に事件を思い出させまいとしていること。こばと幼稚園。【リーサ】の家と本人の勝ち気な性格。俺を犯人扱いする人も俺と同じ気持ちだと言った柿本さん。目撃者は三浦義人さんで品川区在住。それから、そう、ひなたさんだ。会いに来てくれて助かった。

卒業アルバムを引っ張り出す。ひなたさんの写真は、当時の記憶通り可愛い。しかも、あの頃はほとんど話す機会もなかったのに、俺を心配してくれるなんていい人だ。

「気持ち悪いよ」

風呂から上がってきた昌紀は、俺がアルバムを見ている顔をそう評した。

「うるせーな」

「あの人、昔からあんななの?」

「あんなって?」

「ノリはいいけど、冷めてるっていうか、疲れてるっていうか」

「そう?」

全然そんな風に思わなかった。

「いま、仕事何してるとか言ってたっけ」

そう言えば言わなかった。ひなたさんのTwitterを見る。美味しそうな料理の写真とドラマの感想ばかりで仕事の話は出てこない。

「高校時代あんなに目立ってたし、きっと活躍してると思うよ」

昌紀は、「そうかな?」と言い、「お前ほんとに美人に弱いな」と付け加える。

「ほっとけ」

風呂に入る準備をしながら、少しだけ、佐緒里を思い出した。美人じゃなかったけど、俺は佐緒里には弱かった。

昌紀は俺が書いていたメモを見ている。

「俺が忘れていることがあったら、書いておいて」

昌紀は「わかった」と言って、卒業アルバムをめくりはじめる。

ぱらぱらとめくられるページを見ながら、何か一瞬気になったのだが、なんなのかは結局わからなかった。

7

事故に関わった人は、何年も経ってからでもこんな風に、その話になると表情が変わるものなのだろうか。

三浦さんは俺たちの訪問の目的がわかると、「会社まで来られるのはちょっと」なんて言いながら、抵抗する気力をなくしたように、うつろな表情になった。それでも、「外で話しましょう」と会社の近くの喫茶店に案内してくれる。

その店のメニューに並んでいるのは注文しにくい名前が付いたコーヒーじゃない。単なるコーヒーと紅茶にホットとアイスがあり、あとはジュースが何種類かとサンドイッチとトースト。背もたれが直角の、年季が入った合皮のソファに座って俺たちは話を聞く。

三浦さんは、頼んだコーヒーに砂糖を入れ、ミルクも入れ、右手で持ったスプーンで執拗にかき混ぜている。

早く話が聞きたかったが待った。急かすと、席を立たれそうだ。

三浦さんは、時間をかけて自分好みにしたはずのコーヒーを、マズそうに口に含んでゆっくり飲み込む。そしてやっと、口を開いた。

「どこまで知ってます？」

こういうとき、どう答えれば話がスムーズに進むか俺にはわからない。だから、知っている事実を並べた。三浦さんが目撃者で、はね飛ばされた美鈴ちゃんを路肩に運んで救急車を呼んだ。車に関しては紺だったとしか憶えていない。運転していたのは高校生に見えた。

「それで全部ですよ」

三浦さんはそう言って、コーヒーの水面を見つめ、口に運ぶのは結局やめてカップを置く。

「でも、あとから思い出されたこともあるかなって」

「それも含めて警察にお話しして、それがいまおっしゃったこと全部です。大体、人って自分の体験をちゃんと筋道立てて説明できるもんですかね？　いまの仕事はじめてマシになりましたけどね、俺は当時、身体はいまより動いたけど、口の方は全くで。大体、説明できることじゃないですよ。結果的に女の子を動かしましたけどね、本当は動かさない方がいいんじゃないかとか、このままじゃまた轢かれるかもしれないとか、頭の中はぐちゃぐちゃだったし、路肩まで運んだって、じゃあ地面に降ろしていいのかもわからないし、こうやって抱いたまま、通報したんですよ」

三浦さんは、左腕で頭を支えるような恰好をして、右手で携帯を持つ仕草をする。その姿勢は一瞬で崩れた。その直前、三浦さんがぶるっと震えたのがわかった。彼はこの先何年か、さっきの姿勢を取るのを避けるだろう。

「地面に置くのは可哀想で、ずっと抱いてました。でも、たまにドラマとか見てると、医者がケガした人を『そっと寝かせて』って言っている場面があるんですよ。ああいうの見ると、『あれ? 俺はあのとき寝かせてあげた方がよかったのかな』って思い始める」

一気に話して、三浦さんは黙った。

もうちょっと、何でもいいから話してくれよ。今日は母ちゃんと姉ちゃんを置いてここまで来たんだ。姉ちゃんの仕事終わりには間に合うかもしれないけど、母ちゃんは今日、パート先から一人で帰ることになる。タクシーを使ってくれって言っといたけど、多分、母ちゃんは節約して歩く。心配だ。旅行に行く写真を撮った【だーちゃん】が、また実家のそばで見張っているかもしれない。

いや、【だーちゃん】が近所の人間だってことも考えられる。俺らが送り迎えしなくなるのを待って、また写真を撮るとか、写真ならまだしも、何か手を出してくる可能性だってゼロじゃない。――待て。【だーちゃん】が【西東京の住人】だって可能性もあるぞ。

三浦さんを責めちゃいけないと思いつつ、チラチラ見てしまう。ごまかすためにアイスコーヒーのグラスを持ち、もどかしいのでストローをよけて直接ごくごく飲んだ。飲みながら、三浦さんを見る。

——と、ソファの直角の背もたれに身を預け、天井を見ながら何か考えている三浦さんの顔に、見覚えがある気がしてきた。顔を上に向けたせいで、目の下のクマに影が出来なくなって、顎のたるみが消えてシャープに見える。その顔がなんとなく引っかかる。もちろん、十年前に目撃者としてテレビに出ているのを見たのかもしれないが、どうもそれだけでは納得できないのだ。

なんだろう、この感じ。

その正体を知りたくて気を取られているうちに、「じゃあ、ここは」と伝票を持って出口に向かった三浦さんを、引き止め損ねてしまった。

品川から大急ぎで電車に乗った。昌紀には母ちゃんの様子を見に家に向かってもらい、俺は姉ちゃんの職場を目指す。なんとか上がりの時間に間に合った。

姉ちゃんは俺に迎えに来られても「お姫様みたい」なんて喜ばない。ただ冷静に聞く。

「ねえ、ほんとにお母さんやわたしが危ないと思ってる?」

わからないけど、「思ってない」よりは「思ってる」の方が俺の気持ちに近い。でも、そうも言えない。不安にさせるだけだ。

「念のため」

「ネットの中のことだし、大体、もし淳弥がひき逃げ犯だって信じている人間がいるとしたって、わたしやお母さんは関係ないでしょ」

「そうでもないんだって」

劇場に届いたたくさんのピザのことは話していない。俺のアパートに直接来たヤツがいたことも話していない。でも、全部話したところでピンとくるかどうかはわからない。ネットでの悪口と、ピザと訪問。別々に考える人は「でも、それだけでしょ?」と思う。悪口は読まなければいい。ピザは金を払えばいい。家に来られるのはもちろん怖いけど、ポストに封筒を入れて逃げるだけだ。無視すればいい。一つ一つは対処できることじゃないかって。

姉ちゃんも多分そうだ。いいヤツだから。

でも俺にはわかる。これは悪ふざけと同じだ。悪ふざけっていうのは、向上心がある人間が集まったスポーツみたいなもんだ。みんなで前の記録を抜きながら進む。

授業中、先生が板書して生徒に背中を向けている隙にこっそり立ち上がって、変なポーズをしたヤツがいたとする。次の人間は、同じことをしちゃダメだ。変なポーズをしたあと、わざとせきばらいする。先生が振り向く。その一瞬の間に何事も無いように座る。三人目は、先生に「ハゲ」と言う。一番過激なことをやった人間がその瞬間キングになるから、みんなそれを目指す。そして、抜かれたら抜き返す。

だから手がつけられない。

俺に起こっていることも同じだ。前の人間と同じ悪口を書いてもダメなんだ。どんどん過激にしなきゃ。【だーちゃん】が母ちゃんと姉ちゃんの旅姿を撮った以上、次の人間は、二人のもっと『非人間的な瞬間』を撮らなきゃいけない。でも、そんなものは撮れない。二人は猫を虐待したりしないから。だから、写真じゃ前の記録は破れない。それなら次はどうする？　どんなひどいアイディアが出てくるかわかったものじゃない。

「まあ、しばらく送るわ」

姉ちゃんにはそれしか言えなかった。

姉ちゃんと家に帰り着くと、昌紀が俺の部屋の薄汚れた猿のぬいぐるみを抱いていた。

「どうした？」

昌紀は真面目な顔で言う。

「三浦さんが言ってたのって、こういう状況だよな」

ぬいぐるみは美鈴ちゃんの代わりなのだ。昌紀は左手でぬいぐるみの頭を支え、右手で携帯を持つ。

「たぶん……」

「幸太君のお母さんは、幸太君はずっと美鈴ちゃんの右手を握ってたって言ってなかったか?」

幸太君のお母さんに会ったのは、もう随分前の気がする。でも、微かに記憶に残っている。そうだ、右手を両手で握ってたって言ってた。手に血の手形がついてたって。

「言ってた」

「幸太君やって」

昌紀が妙なことを言った。

「幸太君を……やる?」

「美鈴ちゃんの右手を、両手で握って」

意味がわかって、俺はぬいぐるみに正対した。ぬいぐるみの右手を持とうとするが、昌紀の左手で頭を支えられ、仰向けにされたぬいぐるみの右手は昌紀の腹の辺りにある。握りにくい。

対して左手は、昌紀の身体とは逆にあるから、フリーだ。

「な、この状況だと、左手握る方が自然だろ」

「……うん」

「何かが変だ」

昌紀はそう言って、ぬいぐるみを見つめる。

確かに変だ。でも。

「三浦さんの思い違い、とか？　十年前のことだし」

「いや、三浦さんは、右手でスプーンを持ってたから右利きで、つまり片手しか使えないなら右手で電話するのが自然だと思うし、美鈴ちゃんを抱いて電話をかけた話をしたときの様子からして、確かな記憶なんじゃないかな」

確かに三浦さんは、美鈴ちゃんの頭を左腕で支えて、右手で電話をする身振りをするなり、身震いしてやめた。あれはきっと、身体に残った記憶なんだと思う。

でも……。

「何かが変だ」という言葉に抵抗を感じる。何かが変。つまり裏があるってことか？　この事故に、これ以上悪意が関わってるってこと？

ついこの前まで、世の中はもっと単純だと思ってた。なのにこの世は、俺が思っていたよりずっと恐ろしい悪意にまみれている。

これ以上進むのは怖い。

LINEの通知が来て、びくっとする。ひなたさんからだった。

【次のライブ、頑張って】

その十文字と、こっちにウィンクしてくるうさぎのスタンプの意味がぴんと来なくて、しばらく見つめてしまう。

次のライブ？

頑張る？

頭が十年前の事故のことから、足元に戻ってきた。

そうだ！　次のライブ！　隅田さんが来てくれるライブ！　もう一度、隅田さんにチャンスを貰ったライブ！

昌紀はまだ、ぬいぐるみを見つめて考えている。

「昌紀、それはもういい。それを置け」

「え？」

「ライブだ。隅田さんが来てくれるライブ」

「……あ」

「みずきさんに頼もう。出してくれって」

「でも……」

わかってる。俺はこの前、濱中さんがくれたチャンスを台無しにした。それでも、ライブに出たいんだ。

「俺……芸人になりたかったんだ。十歳のとき、なりたいと思ったんだ。そりゃ、売れたいよ。金の心配しなくていい生活に憧れるよ。でも、一番は芸人になりたい。胸張って芸人ですって名乗って、お客さんを笑わせたい。そのためには、お客さんの前に立たなきゃいけないんだよ。そのチャンスが欲しいんだ」

上手く説明できない。でも、この瞬間、俺は自分の人生を思い出した。

俺は、母ちゃんや姉ちゃんを守るなんてプレッシャーに耐えられるように出来てない。事故に関わった人の証言が矛盾するのはどうしてか、その裏に悪意があるんじゃないかって疑うのは、俺には重すぎる。

俺の人生は、ついこの間までこんなじゃなかったんだ。もっと単純だった。

俺は、俺に戻りたい。

昌紀は、抱いていたぬいぐるみを置いた。

「ネタ作ろう。で、みずきさんに頼んでみよう」

なんてほっとする言葉だろう。『ネタ』『ネタを作る』『ライブ』『氏ね』とか『人殺し』とかいう言葉は、俺の毎日になじまない。

俺は、ノートを出してきて、ネタに集中する。

みずきさんを説得してくれたのは、昌紀だ。そしてみずきさんが会社を説得してくれて、俺たちは舞台に立てるようになった。

ネタは『万引き』にした。バイト先での体験をヒントにした新作だ。いつものように、劇場の非常階段で稽古をする。今回は、みずきさんも立ち会ってくれた。最初は心配で硬かったみずきさんの表情がだんだん緩み、途中で「フッ」と笑いまで漏れた。

イケる。きっと。

稽古が終わったとき、みずきさんは「隅田さん、約束通り都合つけて来てくださるって」とだけ言った。ますます気持ちが上がる。

昌紀と二人で、思いっきり空気を吸った。下の弁当屋からソースの匂いがする。今日の弁当はソースカツ丼かも。終わったら、腹いっぱい食べよう。

「ご来場の素敵な女性の皆様。この世で一番ムカツク言葉は何ですか？　当てましょう。それは『浮気』。ね、そうでしょ？　その浮気と書いて『うき』と読みます。浮気淳弥です」

「佐藤昌紀です」

「二人合わせてスレンダーズです」

いつもの挨拶の反応は、可もなく不可もなく、だ。俺たちの前に舞台にいた三野・狩野のネタは面白かったし、二人の間《ま》も良かったのにそれほど受けなかった。だから、今日の客は硬いのだと覚悟しているから平気だ。

「俺さ、この前バイト先で万引き見ちゃったんだよね」

俺が言うと、昌紀が、

「俺もさ、この前バイト先で万引きしちゃったんだよね」

とボケて握手を求める。低い笑いが客席から上がる。

今日は男性客が多い。あと、何人かものすごく真面目そうな身なりの女性がいる。客層が違うからこのリアクションなんだな。

俺は昌紀が差し出した手を払う。今度は昌紀がハイタッチを求める。また俺が払う。昌紀がグータッチを求める。

「いっしょにすんな！」

また低い笑い。

客席のどこかに隅田さんがいるはずだが、そのことは考えないようにする。

「そのときのことやるから、お前万引き犯やって」

王道の漫才のスタートだ。その瞬間、客席でスマホの着信音がした。

客席にザワッと波が起きる。

舞台袖で心配そうにしているみずきさんの顔が見えた。大丈夫、生の舞台だからこういうこともある。

仕切り直すため、俺はもう一度言う。

「な、お前、万引き犯やって」

また着信音。別の音だ。これは、一つ手を打った方が良さそうだ。客席を見る。

「すみません。スマホ切って下さい。今日新ネタなんですすよ。台詞飛んじゃう」

舞台袖から、狩野の「ブフッ」という笑い声がした。

なのに、客席からは笑いが上がらない。そして、二つ目の着信音が消えない。

なんだ？　自分のスマホだってわからないのか？

もう一言、「もしもーし、スマホ鳴ってますよ」とツッコもうとしたら、また別のスマホが鳴った。そしてまた次の。

数人の客は、何事かと周りの様子をうかがっている。でも、それ以上の観客が、じっとこちらを見ていた。ただじーっと。

またスマホが鳴る。

一番前の客のスマホだ。音でわかる。でも、最前列の客は誰も、自分のスマホを確かめようとしない。

そして舞台をじっと見ている。

いや、舞台を、じゃない。俺を見ている。

はっきりした。ここにいる客は、俺を罰するためにここに来たんだ。俺を赦さないと伝えるためにここに座っているんだ。

俺が笑わせようとした人たちは、俺の敵だった。

「何かが変だ」と昌紀に言われたとき、俺が受け入れたくなくて目を背けたものがここにある。

悪意だ。

目の前の人たちは、俺がどん底まで落ち込むのを望んでいる。

ものすごい恐怖が迫ってきて、袖に向かって駆け込んだ。とても照明の中になんかいられない。

みずきさんが「三野・狩野、もう一回出て」と言うのが聞こえる。このままじゃヤツらにチャンスを奪われる。わかってる。

それでも、照明の中に戻る勇気はなかった。


楽屋の廊下に座り込んだまま、ライブの終わりまで動けなかった。昌紀はミネラルウォーターのペットボトルを持って来てくれたし、何人かが「あれはないよな」と声をかけてくれたけど、何も言えなかった。

三野・狩野が隅田さんと話している声が遠くで聞こえた。

「二度目のネタも面白かったよ」

「ありがとうございます！」

「このあと、時間ある？　ちょっと、わたしがやってる番組のことで仕事の話もしたいから、近くのお店でも」

「是非行かせて頂きます！」

声、でけーよ。わかるけどさ。局の人に褒められて誘われて、仕事が貰えそうだってなったら、ああなるよな。

みずきさんと昌紀は、少し前から楽屋に籠もって話している。多分、今後の話だ。今度こそ、当分舞台には出してもらえないだろう。

でも、そのことにほっとする。

もう客の前に立ちたくない。

あんなにたくさんの目に見られたくない。

なんでみんなこんなことするんだ？　ひどいじゃないか。俺が何をしたよ？

これはいままでの色々とは違う。明らかな攻撃だ。

俺はひき逃げなんかやってない。

何も悪いことはしてないんだ。

何も……。

鞄の中のスマホが震えている。誰だよさっきから、うるせーよ。

黙らせるためにしぶしぶ取り出す。と、姉ちゃんだった。

まさか、何かあったんじゃ……と慌てて出る。

「大丈夫？」

「ひとまず。でもさ……」

姉ちゃんのこの声は、聞き覚えがある。長女として、弟に教える必要がある事実をなるべく冷静に話そうとする声。

「あれが、ネットに出てる」

姉ちゃんがそれ以上言わずに黙り込んだせいで、姉ちゃんの近くを小学生が自転車で通り過ぎる音まで鮮明に聞こえてくる。

終わった。それがわかった。

俺は、昌紀にもみずきさんにも挨拶をせずに、なるべく早く劇場を離れた。もし『あれ』を昌紀やみずきさんが見ていたら、二人に会う勇気は出ない。『あれ』を見れば、俺が何回「何も悪いことはしていない」って言っても信じてもらえないだろうから。


父ちゃんがどういう人間だったのか、本当のところ、俺はあんまり知らない。本人は、「俺が子どもの頃は、勉強しろなんて言われたことはなかった」と自慢していた。「やらなくたって何でもできたからな」

父ちゃんは、俺は真面目で優秀だったんだから俺の血を引くお前はできて当然だ、という圧をかけてくる人だった。

父ちゃんは、「俺は特別だった」と言い続け、「それにくらべて」と姉ちゃんを叩いた。アザが出来るとか腫れるとかいう強さじゃなかったから、虐待とは言えなかったかもしれないけど、ただ、「お前はダメだな」と言われる度、姉ちゃんはぐっと奥歯を嚙んで耐えていた。

父ちゃんは、俺には何も言わなかった。「いただきます」と手を合わせるだけで褒められた。かわいがられたと思う。「男の子はのびのびしてればいいんだ」と言われた。嬉しかった。

でも、誕生日を越えるごとに、父ちゃんが母ちゃんにしていることに気がついた。姉ちゃんにしているよりもっとひどかった。

「お前みたいに何もできない女と結婚してやったんだぞ」

父ちゃんが言って、母ちゃんが謝っている声を、夜中に何度か聞いた。

俺は良くて、姉ちゃんはダメで、母ちゃんはもっとダメ。

そんな序列をつけられると、家族四人、３ＬＤＫの小さな家にも国境が出来る。ダメなのは俺じゃなくて良かった、アイツとは違うし、一緒にされたくないと思うようになる。父ちゃんに認められたくて、俺も一緒になって、姉ちゃんと母ちゃんを馬鹿にした。そしてそれをやった夜、布団の中で震えた。いつか父ちゃんが、母ちゃんや姉ちゃんの方を認めて、俺を攻撃してきたらどうしようって。

俺は、父ちゃんとの人生の最初の九年を父ちゃんに好かれようと努力して、最後の一年、急にそれを投げ出した。きっかけはばあちゃんの十三回忌だ。じいちゃんや親戚と一緒にいる父ちゃんを見て、一族の重要な話では誰も父ちゃんの意見を聞かないって気がついたのだ。みんながどんどん段取りを進める中、父ちゃんはただ突っ立っていた。父ちゃんは自分で言うほど優秀じゃない。父ちゃんの会社の人は、父ちゃんが言うほど馬鹿ばっかりじゃない。姉ちゃんも母ちゃんも、ダメな人じゃない。俺は静かに悟った。

父ちゃんは、病気を宣告されたあと、ものすごく荒れた。お医者さんに同じ説明を何度もさせて困らせ、看護師さんに当たり散らし、母ちゃんをこき使った上に何度も泣いた。

会社から御見舞いに来てくれた人は、思っていた通り、馬鹿じゃなかった。母ちゃんを助けてくれたし、俺と姉ちゃんにお菓子をくれて、「大変だね」と言ってくれた。騒ぐだけ騒いで、看護師さんを怒らせて、母ちゃんをすっかり痩せさせて、父ちゃんは死んだ。

その学年の終わり、「一年で一番印象に残った出来事を書きましょう」と言われた。先生は俺の側《そば》へ来て、「お父さんのことは書かなくていいのよ。何か楽しい思い出もあるでしょ？　それを書いて」と囁いたけど、俺は書きたかった。だから書いた。夏に父ちゃんが死んで、しばらく経ったある日、母ちゃんと姉ちゃんと一緒にそうめんを食べて、テレビを観て笑ったって。

お昼ご飯がそうめんだけなんて、父ちゃんが生きていたらなかった。父ちゃんが「お前は食事の用意もできないのか」と母ちゃんを怒るからだ。

そして、テレビを観てみんなで笑うこともなかった。父ちゃんより先に誰か笑うと、「お前たちはくだらないことで笑う」と父ちゃんが怒ってテレビを消したからだ。

だから俺は、お昼ご飯がそうめんだけで、そこに、母ちゃんが嫌々作ったおかずはなくて、テレビを観ていてどのタイミングで笑ってもよくて、本当に嬉しかった。父ちゃんがいつ誰かをけなし出すのか気にしなくてもいいことが幸せだった。

母ちゃんが「ああ、面白い」と思わず言って、慌てて口をつぐんだ。姉ちゃんはわざと、父ちゃんがいたら叩かれるように、両脚を投げ出した。

自分たちの残酷さに三人とも気がついていたけど、俺たちはテレビの方を向いて、お互いが父ちゃんのいない時間を楽しんでいる事実から目を逸らしたんだ。

その日のことを作文に書いて、結びの文章が必要だと思った。ちょうど原稿用紙が一行余っていた。俺は書いた。

父ちゃんが死んで良かったです。

作文は、手書きのままコピーされて、文集になるはずだった。なのに先生は、放課後、俺を呼び出した。

「この作文、書き直したいんじゃない？」

そんなこと考えてもいなかった。だから首を振った。

「でもほら、これって良くないでしょう？」

ますますわからない。先生はいつも、思ったことを書けと言うからそうしたんだ。

話が通じていないようだとわかった先生は、突然、俺の作文の最後の一行を消しゴムで消し始めた。

「じゃあね、ここに先生が言う通りに書いて」

俺は、綺麗に消された最後の一行を見た。さっきまで書いてあった一文が見事に消されて、その空白が闇になって俺をのみ込む。

「ほら、書いて。父ちゃんは死んでしまいましたが、僕たち家族は元気ですって。ほら」

あの先生、文才あったなと思う。先生が考えた最後の文章のせいで、そうめんの話とテレビを観て笑った話は、あっという間に、父ちゃんの死に立ち向かう家族の、けなげな一日になった。

父ちゃんがいないから、悲しんでいる母ちゃんはそうめんだけでおかずがないお昼ご飯しか作れない。俺と姉ちゃんは、母ちゃんの気持ちを察してそうめんを喜んで食べる。三人でテレビを観る。そしてお笑い番組で笑う。父ちゃんはもう戻ってこないけど、俺たちは無理に笑う——そんな一日だ。

「ほら、書いて」

書くまで帰れないんだろうなとわかっていたから、俺は、空白になってしまった最後の行に、先生が言った通りの言葉を書いた。先生が書けと言った言葉は一行じゃ収まらなくて、俺は途中で手を止めて先生を見たけれど、先生は「それでいいのよ」と押し切った。

先生がその作文を他の作文とまとめて文集にするためにコピーした。たまたまそれを読んだ校長先生が、俺の作文を絶賛したらしい。先生からそれを聞かされた俺は、心の底から怖くなった。

父ちゃんのときと同じだ。俺は褒められるべきじゃないことで褒められている……。

だから俺は、配られる前の文集、一冊一冊の最後の文章を線で消して、今度は消されないようにペンで書き直した。

父ちゃんが死んで良かったです。

父ちゃんが死んで良かったです。

父ちゃんが死んで良かったです。

先生は気づかず、その文集が全員に配られた。


もう十八年前だ。しかも、卒業文集とかいう、正式なものじゃない。四年生の終わりに作った、コピー用紙を綴じただけの文集。持っているのはクラスの人間と先生だけ。資源ゴミに出されたか、押し入れの奥で忘れられていると思っていた。

でも、あれが世の中に出た。


終わりだ。


何の説明もなくあれを読んだら、誰もが、俺が十歳から壊れてたって思うだろう。そして考える。こんなヤツならひき逃げだって平気でするよなって。

俺が手を加えた文集を気づかずに配ってしまったあと、先生はうちに謝りに来た。でも、母ちゃんは「うちの子がやったことですから気になさらないで下さい」と先生を帰した。

俺は怒られるかなと思ったけど、母ちゃんは何も言わないで俺の手を握った。そこに姉ちゃんが来て、姉ちゃんも何も言わずに俺の手を握った。

そうしたら泣けてきて、俺は何度も「ごめんなさい」と言った。作文のことを謝ったんじゃない。父ちゃんと一緒に、母ちゃんや姉ちゃんを馬鹿にしたことを謝ったんだ。

二人はわかってくれたと思う。俺が泣き止むまで二人は手を握ってくれて、母ちゃんが、

「これで良かったのよ」

と言って、母ちゃんを手伝って三人でハンバーグを作って食べた。あの日、俺たちは家族になったんだ。

だから、あの作文を書いたことは後悔していない。

先生に書き直させられたあと、文集を一冊一冊直したことだって後悔していない。

でもあれは、世の中に出ちゃマズイ。

そしていまの俺には、反論するすべがない。


電車に乗るのは怖かった。それでも劇場からは離れたかったので、歩いた。三時間後

に最寄りの駅まで来たとき、【人殺し】と書かれたパン屋のシャッターが目に入った。そうだ。ここのサンドイッチで、幼稚園児が食中毒を起こして亡くなったんだ。

この店のおじいさんとおばあさんだって、まさか幼稚園児を殺そうと思ってサンドイッチを作ったわけじゃないだろう。でも、俺はこの落書きを見たとき、「人殺し呼ばわりなんてひどいな」とは思わなかった。人が死んだのなら人殺し、そう単純に考えた。


この店は終わった。

俺の人生も終わるんだ。


昌紀からの着信が続いている。でも、応える気はない。

昌紀もそろそろ文集を読んだだろう。あれを書いた俺の気持ちを、昌紀は理解できるだろうか。こういうことって、理解してくれるとかしてくれないとかじゃない。理解できるかできないかだ。理解力の問題じゃなくて、体験としてぴんと来るかどうかなんじゃないかと思う。

理解できない人を責めるつもりはない。ただ、そういう人生を送る人を羨ましいと思うだけだ。

またスマホが震える。昌紀に「俺のことはもういいから寝ろ」と伝えようとスマホを見たら【濱中さん】とあった。

立原さんが「親父みたいだ」と言う人。俺の父ちゃんよりずっと立派な人。

この電話は無視できない。

「浮気です。お疲れ様です」

「ちょっと聞きたいことがあるんだ。いまいいか?」

「はい」

「お前、色々あるみたいだけど、大丈夫か?」

「はい……」

他に答えようがない。

「それでな、お前の話がたくさん出てるだろ? そんな中で、ちょっと気になったことがあって、確認したいと思ってな」

「はぁ」

濱中さんの声には責める調子はなくて、ただひたすら悲しそうだ。作文の話じゃないのか?

濱中さんは、「本当は直接顔見て話したかったんだけどな、昌紀も連絡取れないって言

うから」と前置きし、俺は、ますますこの話がどこに進むのかわからなくなりながら
「ちょっと手が離せなかっただけです。昌紀にはあとで連絡します」と返す。

「お前、売れてお母さんに恩返ししたいっていうのは、俺に言わされてるって思ってるのか?」

濱中さんの質問は突然で、俺は思わず「いえ……どうしてですか?」と聞いた。

「ネットにな――多分、養成所の同期だろうな、お前が養成所時代に言ってたことを書いてる。俺に、『お前と俺は同じ境遇だからわかる。親孝行したいんだろう?』って言われてキツイって」

それを言った記憶はある。あるどころか、俺は当時、それをネタにしていた。

「濱中さんがさぁ、父親を亡くしてるのは俺も一緒だって言うんだよね」って。有名芸人が自分のことを気にかけてくれているのが自慢だったからだ。

「でもさぁ、売れて親に家を建てるとか、高級車を買うってあんまわかんないんだよね。世代違うのにおんなじ夢を強制されてもさ」

なんであんなこと言ったんだろう。馬鹿だったから。家を建てるなんてこと、口に出す自信がなかったから。まだ素人で、濱中さんのすごさがよくわかっていなくて、ディスることでちょっと近寄れる気がしたから。

あの、どうしようもない俺の姿が浮かぶ。あれを、濱中さんが知ってしまった。

「俺……言いました。あの頃、俺はほんとに馬鹿で。でも、いまは本気で思ってます。親孝行したい。家を建てられるなら建てたいです。俺自身もいい暮らしをして、それを母と姉に見せて、安心させたいです。濱中さんが教えてくれた夢は……いまの俺の支えなんです」

電話の向こうから答えはない。

自分の荒い息が耳元でこだまする。

濱中さんは「俺の価値観を押しつけたのかもな。悪かったな」と言って電話を切った。


また一つ無くした。濱中さんだ。

事務所だってそのうちクビになる。

もう芸人も無理だ。

東大出の昌紀でさえ、あのたった一回の落書き動画で大手への就職は無理だと言われたんだ。俺なんかどうなる？　これからどうやって生きていけばいい？


濱中さんが見たツイートはすぐに見つかった。

【浮気って、「濱中さんに『俺と同じ境遇だ。親孝行したいだろ』って言われてキツイ、オジさんに夢を押しつけられてる」とか言ってた。そういうヤツ】

確かに言った。でも、それをいま書くか？

誰だよ、お前。濱中さんが言うように、同期だろう。三野・狩野か？

そうだ。あいつら、俺が今日失敗したおかげで隅田さんの前で二回目の出番が貰えて、褒められて、食事に行った。多分、仕事も決まる。

あいつらか？　あいつらが俺を追い落とすためにこんなことしてるのか？

三野か狩野がやった証拠を見つけたくて、他のツイートも見る。相変わらず俺は、何の価値もない、卑怯で、ずるくて、気持ち悪くて、救いようがない人間のように責められている。

ふざけんな。こんなこと書いたヤツ、ぶっ殺す。死ね。

向けられた悪意が、俺の中にも悪意を生んでゆく。

死ね。死ね。死ね。

いっそ、とことんまでひどい人間になろう。

ここまで言われてるんだ。そうなってもおかしくない。

死ね。死ね。死ね。

自分のアパートの前まで来て、そこが安全ではないと思い出した。習慣で戻って来てしまったようだ。

でも、いまさら昌紀の家に向かいたくはないし、実家まで帰る気力もない。ただ、自分の部屋で眠るのは怖い。

なんでだ？　俺の部屋だぞ？　俺が必死に家賃払ってんだぞ？　なのに、その部屋にいられないなんておかしいよな？

誰のせいだ？

死ね。死ね。死ね。

ちょうど、一〇一のおっさんが出てきた。相変わらずのだらしない恰好で、首回りが伸びきった黄色のスウェットを着て、その上に、毛玉だらけの水色のカーディガンを着ている。足元は今日も裸足にサンダルだ。

おっさんはゴミを捨てると、俺の方を見た。じーっと。嫌な目つきだ。

途端に、風船を針で突いたように、一気に俺の中の罵詈雑言《ばりぞうごん》が噴き出した。

「何見てんだよ！　お前、人のこと責められる立場か？　近所の人間にいっつも喧嘩売りやがって！　俺はいま大変なんだよ！　今日はひどい一日だったんだよ！　責めるのかよ！　死ねよ。お前死んだって誰も困らねーよ。ゴミなんだよ！」

そのあとは、もう文章にもなっていないくらいぐちゃぐちゃに単語が出てきた。死ねとか、ふざけんな、とか、だいたいそういったことだ。ネットでぶつけられた言葉は消えたわけじゃなくて、俺のどこかに溜まっていたらしい。それが一気に噴き出した。

わあわあ叫んでいるうちに息ができなくなってくる。目の前に白い光が一瞬見えて、すぐに消える。

自分の声が遠くなったり近くなったりして、三度目の白い光のあと、何も見えなくなった。

目が覚めたときには頭ががんがんしていた。口の中が口内炎だらけになったみたいに痛くて、上手く話せない。おっさんが首をちょっとだけ動かして、ペットボトルの水を「飲め」と示した。

起き上がって水を飲みながら、おっさんの部屋に運び込まれたらしいと知った。俺の部屋と同じ間取りだが、驚くほど物が少ない。そして、意外と片付いている。キッチンにはフライパン一つと片手鍋が吊られていて、カラーボックスに茶碗と汁椀とグラスと湯飲み、あとは平皿がそれぞれ一つずつ入っている。小さなストーブがついているが、寒い。

助けてもらったことはわかったので、頭を下げて、ペットボトルの代金として財布から百十円を出した。小さなちゃぶ台の上に置いたら、

「いらない。金には困ってない」

とおっさんが言った。

そうなのだ。この部屋を見てそんな気がしたのだ。部屋の中の物は、おっさんの服装と同じでこだわりは感じないし、ちぐはぐで統一感はないのだけど、なぜか部屋にはしみったれた感じがない。

おっさんは立ち上がるとキッチンに向かい、冷蔵庫を開けた。野菜を取り出し、料理をはじめる。邪魔をしちゃ悪いので、自分の部屋に戻ろうと思って立ち上がると、また白い光が見えて足がもつれた。

「家はバレてるんだろ。戻らない方がいいんじゃないか?」

おっさんは、俺が思っていたほど世捨て人じゃないらしい。俺のことも、俺に起こったことも知っているようだ。

「でも、ここにいちゃ悪いし」

「良くはないけどな、上で殺人は困る。この部屋、気に入ってる」

おっさんは、何でもない調子で言いながら、野菜を切ってゆく。包丁さばきがやけに上手い。小気味よい音を聞きながら質問する。

「料理、できるの?」

「料理人だった」

「いつ?」

「十二年前まで」

意外な過去だ。おっさんは、片手鍋に鰹節を入れ、出汁を取り始める。俺の部屋と同じ小さなキッチンから、豊かな香りがあふれ出す。

おっさんは、炊飯器の中のご飯を茶碗によそい、出来上がった具だくさんの味噌汁を椀に注いで、冷蔵庫から出してきた漬け物を並べた。質素だが、この部屋の中みたいに法則を感じさせる厳格な食卓だ。

腹が鳴った。おっさんは嫌そうにこちらを見たが、そのまま立ち上がって、湯飲みに味噌汁を入れ、平皿にご飯を盛って、コンビニで貰った割り箸を添えて出してくれた。

「いただきます」

手を合わせて箸を割る。まず味噌汁に口をつけると、嘘みたいな野菜の甘味が身体に沁みた。

「うまっ」

小さな声が出たのに、おっさんは無視して食べ進める。しばらく無言で食べるうちに、おっさんが言った。

「あの、駅前のパン屋な」

「え?」

「パン屋だよ。いま閉まってる」

「ああ、シャッターに人殺しって書かれてる」

あのパン屋が納品したサンドイッチで幼稚園児が死んだのだ。そして店主も心労で亡くなった。

「また開くらしい。店主、元気になったって」

「え? 死んだんじゃなくて?」

「死んでない」

「でも、食中毒を出して、心労でって」

「食中毒も、あの店のせいじゃない」

なんだかわからなくなってきた。

「え？　でも、俺、そう聞いて……」

「誰から？」

誰？　そう言われるとわからない。

「みんな、他人の人生なんて、そんなに興味はないんだよ。そのくせみんな、聞きかじったことを広めていく」

おっさんは話しながらも、目は自分が作った料理を見ていて、こちらを見ない。

「みんなその程度だ」

そう言って、おっさんはむせた。話しながら食事をするのが久しぶりなんだろう。面倒になったようで、おっさんは話をやめた。だから、代わりに話す。

「あのパン屋の前、何回も通りました」

おっさんは何も言わない。でも、聞いているらしく、ちょっとだけこちらに目を向ける。

「あそこのおじいさんとおばあさんにはおまけしてもらったりしてたから……食中毒どうこうって話が出たあと、シャッターをノックして、大丈夫ですかって声をかければよかったのかもしれない。そうしたら、実は食中毒は店と関係なくて、おじいさんも生きてるってわかりましたよね」

おっさんは漬け物を嚙んでいる。俺はそれを相づちと解釈する。

「なんでやらなかったんだろ」

おっさんは答えない。でも、その答えは、さっきもう聞いた。

みんな、他人の人生なんて、そんなに興味はないからだ。

おっさんは食べ終わるとさっさと片付けをはじめる。手伝うと申し出たが、断られた。おっさんは手早く洗い物を終え、布巾で拭き上げてまたカラーボックスに食器をしまう。出す前とかっちり同じ場所に。

おっさんは何も言わないまま、俺の方に毛布を差し出した。泊めてくれるらしい。礼を言って毛布にくるまると、おっさんはシャワーに向かいながら言った。

「誰も、他人の人生なんか真剣に考えない。こだわってるのは自分くらいだ。だから俺は、俺の人生にこだわるのをやめた。楽だぞ」

ドアが閉まって、シャワーの水音が聞こえてくる。

自分の人生にこだわらないなんて、できるものだろうか。おっさんとは違う。俺はまだ若い。

それに、一人は怖い。誰かに、自分の人生を気遣って欲しい。

スマホを見る。その中にはたくさんの人の名前が入っている。でも、いま俺の人生のことを一分でも考えてくれるのって誰だろう？　濱中さんはもう、考えてくれない。みずきさんはきっと、今日の舞台で俺がやらかした失態で呆れた。昌紀は考えてくれるかもしれないけど、その前に俺は今日の舞台の失態を昌紀に謝らなくちゃいけない。いまはそんな気力がない。

母ちゃんは、きっとまたとぼける。姉ちゃんには叱られる。

俺がいま求めているのは、欲しい物を欲しい分だけくれる人だ。

ひなたさんの顔が浮かんだ。高校時代、全然手が届かなかった人。なのにこの前、俺を心配して家まで来てくれた人。

ひなたさんにLINEする。【俺、どうすればいいかわからない】

いきなりの弱音にも、ひなたさんは優しかった。【大丈夫？　話聞くよ？】

俺はさんざんだったライブの様子を説明し、【もう嫌だ】と書いた。

【俺は悪くない。なのにどうしてこんな目に遭うんだろう？】

【落ち込まないで。もう少しの辛抱だよ】

【どうして？】

【もうすぐ時効でしょ？　時効さえ過ぎちゃえばみんな忘れるよ】

なるほど。それは考えなかった――。

慌てて【だーちゃん】のカウントダウンを確認する。ライブに頭をもっていかれているうちに日が過ぎている。時効まで七日と二時間十三分。

たったそれだけか？　それだけ我慢すればこれが終わるのか？

【ひなたさん、天才！】

【浮気君は犯人じゃないんだから。ってことは、これ以上不利になる証拠とかは絶対に出てこないんでしょ？　だったら、時効までじっと黙ってればいいんだよ】

全身から力が抜けてゆく。やっと道が見えた。これで俺は、自分の人生をなくさずにすむ！

【ひなたさん、本当にありがとう】

そう打ったのを最後に、身体に力が入らなくなって眠りがやってきた。


おっさんが「金には困ってない」と言ったのは本当のようだ。おっさんは仕事もしてないのに淡々と暮らし、食材を買ってくる。食卓に豪華な一品が並ぶことはなかったが、かといって、味噌汁の具が急に貧しくなったりもしない。俺自身が金に困っているからわかる。貧しい人間の方が出費にムラが出る。ストレスで急に金を使ったり、それを後悔して突然財布の紐を締めたりするからだ。対しておっさんの買い物は安定している。

おっさんは金を受け取らないので、俺は掃除を請け負った。と言っても、物がない部屋の掃除は簡単だ。すぐに終わる。顔をつき合わせているのは気まずいのか、おっさんはふらりと出て行く。俺は借りている毛布を被って、昼間だろうが目を閉じる。

ひなたさんへLINEしてすぐ寝オチして、朝になって姉ちゃんに【もうすぐ解決するから、それまで気をつけて】と送り、昌紀に【時効のあと連絡する】と伝えたのを最後にスマホの電源を落とした。

時効成立は三月十二日の零時。

それまでじっとしていればいい。それで全てが解決する。

美鈴ちゃんのことや、彼女が死んだというあの何でもない道端のことを考えると少し心は痛んだ。何もできなくてごめん、と。

でも仕方ない。俺自身が壊れそうなんだ。許してくれ。

時効になったら花を買って供えに行こう。もうその姿を誰かに写真に撮られることはない。だって時効なんだから。

毛布に顔を埋めると、髭が引っかかった。何日も剃ってない。

時効が来たら剃ればいいか。

何もかもあとだ。時効のあと。

嬉しいのは、時間はこっちが何もしなくても勝手に過ぎてくれるってことだ。俺の自由が向こうからやってくる。

わくわくする。

おっさんの料理は今日も質素だけど、美味い。あの日以上におっさんが話をすることはなくて、ただただ静かに時間が過ぎていく。

五日目には時間の感覚が消え始めた。目を開けると薄暗い。夕方なのかただ天気が悪いだけなのかわからない。どっちでもいい。毛布にくるまっていれば時効が近づく。

鍵が開く音がした。ドアが開いておっさんが入ってくる。その後ろから律儀な「お邪魔します」が聞こえた。ドアの向こうは明るい。なんだ、まだ昼間か。

「何しに来たんだよ」

昌紀に向かって言う。と、昌紀の方は「お前、何してんだよ」と珍しく大きな声で返してきた。

おっさんは黙って昼食の準備を始める。

「何って……」

この場合、聞かれているのはどのことだろう。いま起きたところだから特に何もしてない？　昼飯が出来るのを待ってる？　もしくは、時効を待つっていう天才的な計画のことか？

「お前、自分の人生捨てる気か？」

「まさか。じゃなくて、取り戻すんだよ。時効が来たら、何もかも解決する」

「どうして？」

「時効前だから、みんな事件に興味があるんだよ。時効が来たら、もうどうしようもない。犯人を罰することもできない。そうなればみんな諦める」

俺の計画を聞いた昌紀の顔が、怒りだか焦りだかでゆがんでゆく。

「淳弥、スマホ出せ。スマホ」

昌紀に言われて、もう随分電源を入れていないスマホを出した。

「電源入れろ。Twitter見てみろ」

躊躇すると「早く！」と急かしてくる。

仕方なく言われた通りにした。

【ひき逃げに時効はいらない】

【時効が来ても、浮気を逃がすな】

【時効になっても、俺たちは諦めない。いや、法が裁けないなら俺たちが裁く】

【時効成立後こそ、我ら正義の輩《やから》の出番だ！】

【死刑だ！】

【目には目を】

自分の予想と違う言葉が、これでもかと並んでいる。全身に震えが走る。並んでいる言葉は、いままでの罵詈雑言とも違う。以前のツイートは、四方八方に突き出した何本もの針だった。針が向いている方向が違った。でも、時効に向けて針が全て、同じ方向に向かいはじめている。それが一つの束、いや槍になって、俺を貫こうとしている。

昌紀が俺を見てゆっくり言う。

「時効になったら、警察の捜査は終わる。証拠品も廃棄される。もう真相は永遠にわからない。お前はネットの中で犯人にされる。死ぬまで」

昌紀はこれを言うために来てくれたんだ。そして俺はやっと、自分が置かれている立場を理解した。

「時効になったら……マズイんだ」

昌紀は頷いて、【だーちゃん】のカウントダウンを見せる。三日と十二時間二十二分。

たったそれだけ？

いつの間にかおっさんが料理の手を止めてこちらを見ていた。おっさんの顔と昌紀の顔を交互に見ながら言う。

「でも、時効は変えられないし、時間はどんどん経ってる。俺が犯人じゃないってことはもう何回も言ってるし、でも、信じてもらえないし……どうすればいい？」

「犯人を見つけるしかない」

「無茶だよ！　十年間、警察にもできなかったんだ！　それに柿本さんが言ってた。犯人を見つけるだけじゃダメで、起訴しなきゃいけないって。その時間を考えたら、もう無理だ。間に合わない！」

「起訴にかかる時間なら、多分なんとかなるぞ」おっさんは呟いて、また料理に戻る。

「ど、どういうことですか？」

「犯人が海外に行っていれば、その分の日数、時効に足される。いまどき、一日も海外に行っていない人間は少ない。そこに賭けろ」

おっさん、どうしてこんなこと知ってるんだろう。

「十二年前、息子が刺されたときにな、調べたから確実だ」

え？

「息子が死んで、俺は保険金を貰った。犯人が捕まったから、もう俺にできることはないって、人生を投げた。お前は投げるほど生きてないだろう？　闘え」

闘う。俺が。

「犯人を見つけるしかない」昌紀がもう一度言う。

「あと三日と半日しかない。でも、やらなきゃお前は終わる。スレンダーズも終わる」

マズイ。また目の前が白くなりそうだ。

でも、頭を振って、何とか正気を保つ。

おっさんがこっちを見ている。

闘えと目で言っている。

頷いた。

でも——。

犯人を見つける？

時効前に？

あと三日と半日で？

8

昌紀の部屋に行く前に、髭を剃った。剃りたてでつるつるした顎を触りながら、必死で心を落ち着ける。

焦ってもダメだ。

頭を整理しろ。

おっさんにお礼を言って部屋を出て、自分の部屋に戻って荷造りし、昌紀の部屋にもう一度やっかいになるために向かう。

その間の宿題を、昌紀から与えられた。【西東京の住人】だと思う人間を洗い出せ、と。

「目撃者の三浦さんは、あれ以上思い出せないと言っていた。もう一回会いに行っても多分、同じ答えだろう。幸太君にも会わせてもらえないだろうし、だいたい、当時六歳だった子を問い詰めても新しい手がかりが出てくるとは思えない。でも、西東京にいたときに、こっちじゃわからないことが色々とわかった。やっぱり、そこは突き詰めた方がいい」

「どうやって?」

「俺は柿本さんに会って、三浦さんの話が矛盾するって話してみる。柿本さんなら理由を思いつくかもしれない」

幸太君が美鈴ちゃんの右手を握っていたって話と、三浦さんが美鈴ちゃんを抱いていた姿勢が矛盾する件だ。

俺も一緒に行くと言うと、昌紀は止めた。「【だーちゃん】が向こうにいる可能性がある。近寄らない方がいい」

【だーちゃん】は時効をカウントしているだけじゃなく、母ちゃんと姉ちゃんの写真を投稿し、俺が西東京に戻った様子も投稿した。実家の近くにはホテルもないから、よそから来て泊まり込みで見張っているとは考えられない。多分、近所に住む誰かだ。

「俺が向こうにいる間に、淳弥は【西東京の住人】について考えて欲しい」

「どうして?」

「俺はやっぱり、【西東京の住人】は、淳弥を知っている人間だと思う。じゃないと、ひき逃げ事件が話題になってたった二時間で、淳弥が犯人だって言い始めたのが納得できない」

そこには俺も同意する。

「向こうが淳弥を知ってるってことは、淳弥も向こうを知ってる可能性が高い。まず、知り合いから考えてみよう」

向こうが俺を知ってるってことは、俺も向こうを知ってる。知名度の低い芸人だから、まあそうだろうなと自虐的に思った。昌紀が続ける。

「【西東京の住人】を見つけても、事件の犯人がわかるとも言い切れない。でも、【西東京の住人】が、俺たちが知らない事実を知っている可能性は高いと思うんだ」

推測だってことは俺にもわかる。でも、俺にできるのは知り合いを洗うくらいだ。

「わかった、やってみる。だから、昌紀は向こうで母ちゃんと姉ちゃんの様子を見てきてくれないか？　あと、実家にある卒アル持って来て。同級生の中に【西東京の住人】がいないか考えてみる」

昌紀が頷いて、俺たちは別れた。

それ以来、リストを作っている。

まず、昌紀が最初に言っていたように、俺に悪意を持っている人間、俺を陥れたい人間を書いた。思いつくのは三野・狩野。二人は俺が投げ出した舞台に出て、隅田さんに気に入られた。だからまあ、【西東京の住人】だって可能性はゼロじゃない。

他に、養成所の同期の顔を何人か思い浮かべたけど、そいつらが俺を陥れたところで得をするとは思えなかったので、ただ【同期？】とメモをした。

濱中さんや立原さんを筆頭に先輩たちのことも考えてみる。でも、残念ながら俺は、彼らを脅かすような存在じゃない。

みずきさんたち会社の人にとってもそうだ。でも、何かで怒らせてるのかもしれない。前に挙げていた一〇一のおっさんは消えたから、ひとまずこのくらいだ。

次は、西東京の人たち。

同級生は卒アルが届くのを待つとして、母ちゃんや姉ちゃんは論外。親戚も除外。あとは誰だ？

今回会った人の名前を書いてゆく。【リーサ】。警察官の柿本さん。幸太君の母親。こばと幼稚園の園長。全員、この騒ぎまで俺のことを知らなかったと思う。俺があっちに住んでいた頃に関わった記憶はない。

他には？

会えなかった幸太君。会いに行く勇気がなかった美鈴ちゃんの両親。この三人は、もし俺を疑ったらネットなんか使わずに警察に言うはずだ。

あ、ひなたさんもいるけど、あの人はいい人だ。

西東京在住じゃないけど、事故に関わっているのは三浦さん。でも、あの人だって俺の知り合いってわけじゃない。

そう思ってみたものの、ちょっと心がざわざわする。あの人の顔に見覚えがあるからだ。正確に言うと、あの人が上を向いて目の下のクマが消えた顔に。つまり、若い頃の顔ってことか？　事故が起きた十年前、俺は西東京に住んでて、あの人は品川区在住だったんだぞ？

あれ？　あの人どうして、事故のときあの場所にいたんだろう？

あそこは、知り合いでもいなければ行く場所じゃない。つまり、三浦さんは西東京に知り合いがいて、よく通っていたんだろうか。それで俺と会ったりしたんだろうか。

気になってきて、昌紀にLINEする。

【柿本さんに聞いて。三浦さんは事故の日にどうしてあの場所にいたのかって。あと、あの人の顔に見覚えがある気がするから、昔、西東京によく行ってたかどうかも】

昌紀からは【了解】と返事が来た。

他にも、バイト先の人間や、東京でこれまで出会った人を思い出しては消してゆく。同じことを、この騒ぎが始まった頃やった。あのときは、「わざわざ俺に悪意を持つわけないじゃん」と思った。でも、いまはそう簡単には思えない。人間はもっと怖い。

リストに並んだ名前の中に、【西東京の住人】がいるかどうかはわからない。でも確実に、目の前の名前の幾つかは、【俺、浮気って知ってるんだけどさ】と世の中に発信した。

俺の過去を。俺の人生の一部を。

俺との薄い関係性より、自分のツイートが注目される方を選んだ。

でも、いま捜すべきは最初の一人だ。何となくTwitterを見ていて、そこにうねりを感じて乗っかった人じゃない。何も無かった水面に自分から石を投げ込んで波立たせた人。それをする動機があった人。

さっぱりわからなくなってリストを投げ出し、これじゃダメだとまた向かう――を繰り返す。

逃げるわけにはいかない。時効は迫っている。

三日と九時間と二分。


昌紀が帰ってきたときには、リストはやたらと長くなっていた。昌紀はそれを見て、この話はまとまらないと思ったんだろう、自分の成果について話し始めた。

「まず、お母さんとお姉さんは無事だ。変な人影も見かけてないし、あれ以来、盗撮された様子もない」

「よかった」

「柿本さんの方だけど……、三浦さんの話の矛盾は、あんまり真剣に受け取ってもらえなかった」

昌紀はがっかりしている。

「あと、三浦さんがどうして事故の日にあの場所にいたかって話、柿本さんが当時、ちゃんと確認してあるって。三浦さんは鉄道オタクで、あの日、特別列車が走ってたらしくて、その写真を撮るためにあの場所にいたって。柿本さんは当時、列車の写真も確認している」

確かに、魔のカーブからは遠くに線路が見えた。それなら、品川区在住の人があの場所にいた説明はつく。

「俺が、三浦さんに見覚えがあるってやつは？」

「それは、お前の思い違いじゃないかって。三浦さんは、あのあたりに行ったのは、あの日が初めてだって言ったらしい」

納得はできないけど、こっちは『顔を見たことがあると感じる』程度だ。強くは言えない。

「柿本さんには、お前の実家を気にかけてもらうように頼んできたよ。Twitterに上がった写真も見せたから、わかってくれたみたいだ。で、ちょっと調べてくれたんだけど、あのあたりで不審者の目撃情報はないらしい。つまり、どこかの誰かがわざわざあっちへ行って見張ってるんじゃなくて、地元の人間じゃないかって」

やっぱりそうか。【だーちゃん】は地元のヤツだ。

「誰だよ」

と言いながら、昌紀が持って来てくれた卒アルを見る。同窓生なら、俺の母ちゃんと姉ちゃんの顔がわかってても不思議じゃない。家だって簡単に突き止めたはずだ。ひなたさんが【リーサ】を突き止めたみたいに。

誰だ？　誰だ？

長方形の中に並んだ冴えない写真を順に見てゆく。

誰だ？　誰だ？

ページを行き来する手を、昌紀が止めた。

「この中に、俺たちのライブに来てる人いる？」

「いや」

そういうつきあいはだいぶ前に絶えた。

「この中に、【かっちゃん】はいない？」

意外な名前だった。【かっちゃん】は、俺のツイートにすぐ反応してくれる、いわばファンだ。

「いないと思うけど。なんで?」

「帰り道、淳弥に関するツイートをもう一回確認してた。【かっちゃん】って、俺たちのライブのあと必ず感想くれてるよね」

「ああ。ちょっと空気読めないツイートもあるけどいい人だよ。あの、派手なブラウスの人が大笑いしたライブのときだって、ネタのことだけ書いてくれてた」

「それも読んだ。で、俺が気になったのはこれ」

昌紀がスマホをこっちに向ける。そこには、【万引きのネタ。捕まえた相手が逆ギレして変な理屈こねるって、あるあるですね。最高です】とある。あれ?

【かっちゃん】が言っているのは、直近のライブのことだ。あのネタは新作だった。でも、あのネタは「お前、万引き犯やって」までしかできなかった。客席でスマホが鳴って、俺が舞台から逃げ出したからだ。

つまり、誰もあのネタの内容は知らない。客席にいた人間は。

「淳弥がもし、同級生と連絡取ってて、この日、万引きのこういうネタをやるよって予め話してたら、こういうツイートになるかもしれない」

俺はすぐ否定する。

「そういうヤツはいない。ネタだって、そう言えばライブがあるって気がついてから二人で必死に考えただろ？　誰かに教える暇なんかなかった」

「あの、ひなたって人は？」

昌紀は、ひなたさんが気に入らないらしい。「あの人、俺、ちょっと気になるんだけど」

「話してない」

どういうことだ？　昌紀と俺以外、あのネタの中身は知らないはず——いや、みずきさんに見せた。非常階段でのいつもの稽古に、あの人がいた。

「みずきさん。あの人なら知ってる……」

「なんだ。このアカウント、みずきさんが俺たちを応援するためにやってるのか」

昌紀は能天気に言う。でも待て。あの人が冷たいって言ったのお前だぞ？

頭の中がウォータースライダーに乗っているみたいに走り出す。【かっちゃん】はこの騒ぎが起こったとき、何をした？　事故のことを知ってるか聞いてきた。そしてご丁寧に詳細を教えてくれた。

あれに意図があったら？

そうだよ。俺のファンなんて変だ。あのアカウントは、ずっと俺を陥れるために見張ってたんだ。

まさにウォータースライダーだ。行き先が見えないのに走っていて止められない。

「みずきさんに会う」

俺は立ち上がった。

「なんで？」

「問い詰める。何のためにこんなことしたかって」

「応援のためだろ？」

「そんなはずない！　俺らみたいに売れないの、お荷物だろ？　いつかすっぱり切り捨てたくて、こんなことしたんだよ」

舌がもつれる。だから話すのをやめて部屋を出た。

昌紀はずっと付いてくる。

「なあ。俺もそうなったことがあるからわかる。お前はいま変になってる。落ち着け」

落ち着いていられるか。時効は迫ってる。確実に近づいている。

時効になったら俺の人生は終わる。昌紀がそう言ったんじゃないか。

足はどんどん前に進む。通い慣れた劇場に向かって。

みずきさんは劇場にいる。さっき、LINEで確かめた。問い詰めてやる。あなた【かっちゃん】ですよね、って。なんでこんなことしてるんです？　俺の才能の無さにうんざりしたから？　ひょっとして昌紀を隅田さんの番組に出すのに邪魔だから？

俺は、自分がみずきさんを好きだと思っていた。でも、違ったらしい。俺は負い目を感じてたんだ。

俺は、あの人との関係が苦しかったんだ。ちっとも売れないのに優しくされて、辛かったんだ。

劇場が近づいてくる。昌紀が俺の前に回り込む。

「やめろって」

顔色が変わっている。本当に止めたいようだ。

でも、止まる気はない。だって赦せるか？　あの人、俺たちがあの場所で稽古するのを見ていて——

非常階段を見上げたとき、油の匂いと焦げたソースの香りを感じた。いつもの弁当屋から漂ってくる。非常階段でも、俺はこの弁当屋からの匂いをいつも感じている。

だって、店は近くだから。

非常階段のすぐ下だ。

匂いが伝わるってことは、もしかして、声も？

店を見たら、いつも配達に来てくれるおばちゃんが、「あら」と手を振った。

「ひょっとして……【かっちゃん】？」

おばちゃんは「ばれちゃった？」と言って首をすくめた。

「わたしが応援してるのは、浮気さんっていうより、スレンダーズ。でも、浮気さんのTwitterしか見つけられなかったから、そっちをフォローしてたのね」

おばちゃんは、話し出すと生き生きして急に可愛らしくなった。荒れた手で非常階段を指差して言う。

「あそこで練習してるの見て、ほんとに笑っちゃって。この仕事、重い物も持つし、手も荒れるし、立ちっぱなしだし。あちこち身体に来るんだけど、そういうときでもスレンダーズの漫才見ると笑っちゃうのよね」

俺も昌紀も、出してもらったお茶を慌てて手に取った。涙が飛び出しそうなのを、ごまかすためだ。

「ライブはね、お金もかかるし、仕事もあるしで行けないじゃない？　だからここで楽しませてもらってる。ごめんなさいね」

おばちゃんはまた首をすくめる。仕草がちょっと古いけど、やっぱり可愛い。

俺は思い出した。客席はこういう人のものだ。俺が向き合いたかったのは、こういうお客なんだ。

「また、漫才やりますから。絶対、やりますから」

深く考えたわけじゃなくて、自然に口から出た。

おばちゃんは何度も頷きながら笑った。そして、しばらく黙り込んでから、「はあ」とため息を吐いた。

「みんな何やってんのかしらね。浮気さんのこと疑って、叩いて。真犯人が逃げちゃうじゃないねえ?」

「……真犯人が……逃げる?」

おばちゃんが言っていることに大きなヒントがあるのを感じて、首筋に力が入る。

「もうすぐ、時効になるんでしょ?」

「はい。あと三日と何時間かで」

「じゃあ、いま捜さなきゃいけないのは真犯人でしょ?」

「やってますけど、手がかりがなくて」

おばちゃんは「何言ってるの?」という顔をする。

「真犯人、捜してる?」

「捜してます。俺たち二人で」

「二人じゃ無理よ。ネットの人たち、あんなにたくさんいるのに、誰も真犯人を捜してないじゃない。浮気さんの過去をほじくり返したり、家族について調べたり。どうしてその時間を、真犯人捜しに使わないのかしらね」

そうだ。どうして犯人捜しが始まらない？

それは、みんなが俺を犯人だと思っているからだ。

もやっとした頭の中を、歩きながら昌紀と整理する。

「ひき逃げ犯は時効を待ってた。柿本さんが言ってたよな？　世間の関心が薄れて、情報提供がなくなってたって。つまり真犯人は、あと少し身を潜めて時効を待てばよかった」

昌紀が引き継ぐ。

「でも、【リーサ】のツイートのせいで、事故が注目を浴びた」

「あの盛り上がりはすごかった。【くるみちゃん】が人気だったせいだ。たくさんの人が事故を思い出した」

「真犯人は考えたのかもしれない。このままじゃ、新しい情報が出てきて捕まるかもしれない……」

そして、犯人は、みんなの関心を逸らす案を考えついた。

いまの流れに乗っかって、その流れの向きを変えればいい。

「みんなが俺を犯人だと思い込めば、犯人捜しじゃなくて、俺叩きが始まる。真犯人には都合がいい」

「【西東京の住人】がひき逃げ犯……」

急に何もかもがはっきりした。しかも、道が二つ出来た。【西東京の住人】から攻めるか、ひき逃げ犯から攻めるか。

ひき逃げ犯は紺の車に乗っていた。

【西東京の住人】は紺の車に乗っていた。

ひき逃げ犯は制服姿だった。

【西東京の住人】は制服姿だった。

ひき逃げ犯はあけぼの高校の生徒かもしれない。

【西東京の住人】はあけぼの高校の生徒かもしれない。

あれ？ なんか引っかかるぞ。

そうだ。昌紀が卒アルを開いているのを見て、俺は「あれ？」と思ったんだ。何かが引っかかるって。

あれだ。【リーサ】と話したときだ。あの子は、幸太君に話を聞いてみろと言った。家に行ったけど会わせてもらえなかったと答えたら、あけぼのへ行けと言った。

あけぼの高校だ。俺の母校。いや、ひき逃げ犯が通っていたんじゃないかって高校。いまでも美鈴ちゃんの死で苦しんでいる幸太君が、ひき逃げ犯が着ていたのと同じ制服を毎日着たいと思うだろうか。もちろん、偏差値とか、公立に行かなきゃいけない経済的な事情があるのかもしれないけど、なんとなく腑に落ちない。

昌紀にそのことを説明して、明日の朝一番に二人で幸太君に会いに行くことにした。

【だーちゃん】のカウントダウンを見る。時効まであと、三日と七時間十八分。

三月九日——あけぼの高校は、そんなに変わっていなかった。八十年代とかそのあたりの日本がまだ豊かだった頃の、屋根の部分がやたらとごつい、四角い建物だ。それに耐震補強で×印の金属があとからはめ込まれている。その校門前で、登校してくる幸太君を待ち構える。

幸太君の写真は、彼の友人のTwitterで見つけてある。

不審者として通報されないよう、昌紀と俺は何度か校門の前を通り過ぎたり、何か仕事の打ち合わせをしているフリをしたりしてひたすら待った。

幸太君が、ごつい身体を猫背にして現れたときには、声が出そうになるほど待ちくたびれていた。

警戒する幸太君に、丁寧に事情を説明する。傷つけるのが怖かった。大きくなったとは言え、泣きながら自分を責めていた少年だ。

「僕が小さかったから」

とえずくほど泣きながら、この子は「犯人を見つけて下さい」と訴えていた。前までは『泣ける』としか思わなかったけど、よく考えるとものすごく勇気がある子だ。

昌紀がそう伝えると、幸太君は低くなった声で、自虐気味に言う。

「勇気なんかじゃないです。テレビに出たのは、親に言われてだったし」

俺は少し離れて聞き役に徹していた。昌紀と相談して役割分担したのだ。幸太君が、世の中のたくさんの人と同じで俺をひき逃げ犯だと思っていたら、話が進まないからだ。

昌紀が、「でも、立派だったよ」と頷くと、幸太君は「はあ」というようなことを言って、「うちにも来ましたよね」と付け加えた。

「行ったよ」

昌紀が答えると、幸太君がこっちを見る。

「俺も行った」

幸太君は俺の方を向いたまま、ちょっと迷うような仕草をした。

「大変ですね。色々」

あれ？　俺のことを気遣ってくれてる？

「……ひょっとして、俺が犯人だと思ってない？」

幸太君は答えない。

「どうして？　みんな俺をひき逃げ犯だと思ってるのに」

「……」

「俺たち気になったんだよ。ひき逃げ犯は制服を着てたって目撃者は言った。近所の人間は、ひき逃げ犯はあけぼの高校の生徒じゃないかって噂した。なのにきみはどうしてこの高校に入ったのかなって」

幸太君は、人差し指で親指の爪をはじいている。そのかすかな音さえ聞こえる。冷たい風が体温を奪ってゆく。でも、誰も動かない。

「ひき逃げ犯について、何か知ってる？」

一文字一文字置くように、静かに聞いた。

「俺、小さかったから」

幸太君は爪の先を見ながら言う。

「大人が高校生だって証言したんだから、そうなんでしょ?」

つまり、幸太君は、ひき逃げ犯は高校生じゃないって思っているんだ。

「ひき逃げしたのは誰?」

「知ってたらもう、言ってますよ」

「じゃあ、どんな人? 高校生じゃないと思ってるんだよね?」

「そんなこと言ったって! キックマンが言ったのがほんとでしょ?」

場違いな言葉に、頭が混乱する。

「キックマン……って、昔の戦隊モノの?」

あれだ。幸太君がインタビューのとき履いていたスニーカーに描かれていた『電撃戦士キックマン』。

「そう。俺、子どもの頃、目撃者の人をそう呼んでた」

「どうして?」

「事故の前の日……道で何回もキックしてたから」

前の日だって? おかしい。三浦さんは品川区在住で、あの場所にいたのは特別列車を撮るためだったはずだ。どうして前日にいる?

「前の日って、確か？」

「間違うはずないでしょ。前の日は美鈴ちゃんの誕生日で、俺はずっと美鈴ちゃんが遊びに来るのを待ってた」

言い切った幸太君の顔を見て、俺はこの子の中に、その日の記憶が瓶詰めにされて閉じ込められているのを知った。まるで、俺にとっての、母ちゃんと姉ちゃんとそうめんを食べた日みたいに。

記憶は多少変色しても、きっと幸太君があの日感じた、本質とでも呼ぶべきものは変化していない。

つまり、三浦さんは事故の前日に事故現場にいた。

そして、何故か『キックマン』になっていた。

俺の説明を聞いて、柿本さんは珍しく戸惑った顔をした。

「でもね、彼がひき逃げ犯だというのは理屈が通らない。わたしが現場に着いたときに車はなかった。つまり、車に乗って逃げた人間がいる。少なくとも、三浦さんは単独犯ではあり得ない」

「それなら、三浦さんに会って、共犯者について探ってもらえませんか？」

「当時六歳だった子どもの話だけじゃね」

昌紀が急に、スマホを取り出した。そのままスピーカーにして三浦さんの会社にかける。柿本さんは「おいおい」と小声で言ったが、止めようとはしなかった。立場上、三浦さんを問い詰めたりはできないが、本心ではこの人も真犯人を知りたいのだろう。

電話が繋がり、昌紀が三浦さんと話したいと言う。

「三浦はお休みを頂いております」

「明日ならお話しできますか？　この件は、三浦さんも気にしておられるんじゃないかと思うんですけど」

昌紀は声に圧を込めている。うまい。

相手の女性が、戸惑ったように口ごもる。

「もしもし？」

「三浦のお知り合いですか？」

「はい。以前に」

「三浦は、先週欠勤の連絡をしてきたあと、こちらでも連絡が取れないんです」

柿本さんが苛立ちとともに立ち上がった。昌紀が電話を切るのを待って聞く。

「どういうことでしょう？」

「もし事件に関係しているなら、身を隠したのかもしれないな。時効を待つつもりだ」

柿本さんはそう言って時計を見た。

【だーちゃん】のカウントダウンが続いている。二日と十三時間五十二分。三日を切った瞬間から、

【時効まで逃げ切るなんて赦せない】

という流れが、どんどん色を変えてゆく。

【時効になったら覚えてろ】

むしろみんなが時効を待ちわびはじめている。

母ちゃんと姉ちゃんには、もう一度旅行に行ってもらった。何が起きるかわからないからだ。

母ちゃんもさすがに緊張した顔で、「あんたもおいで」と言った。でも断った。逃げたくない。

いや、本心は逃げたいけれど、自分の人生を捨てるわけにはいかない。

昌紀の部屋にまた厄介になることにして、食料を買い込んで向かう。

夕飯に、袋麵と、見切り品の惣菜を食べた。お互いに口に出さないが、打つ手が見当

たらない。

三浦さんは姿を消した。

幸太君にもう一度、どんな人が車を運転したか聞いたっていいが、六歳児の記憶をもとに残り二日で犯人が捕まると思えない。

【西東京の住人】もネットの中に消えたままだ。

「昌紀、ピンの仕事も考えてみたら？」

何気ない感じで言ってみる。昌紀は「え？」とこちらを見た。洗い物をしていたスポンジから、水がポタポタ落ちている。

「隅田さんにお願いしたら、紹介してくれると思う」

「どういう意味？」

「別に。思っただけ」

俺は、「ちょっと外の空気吸ってくる」と、洗い物をしている昌紀の背中の後ろをすり抜けて、外に出た。

ネットの中で永遠に殺人犯にされたら、どうやって生きていこう？　ものすごく緊迫した状況なのに、ぼんやり考える。

この騒ぎが始まってから、いろんなものがひっくり返った。

昌紀を疑って、アンチが母ちゃんだとわかって、ファンだと思ったらよく知っている弁当屋のおばちゃんで、俺はみずきさんに疲れていて、濱中さんに何回も助けられたのに裏切って、大嫌いだった一〇一のおっさんに救われて、パン屋のおじいさんは生きているとわかった。

俺が見ていた世界は、本当の世界とは違った。

でもそれ以上に、俺は思っていた俺じゃなかった。

立派な人生を生きてきたとは思っていなかったけれど、それにしても俺はダメなヤツで、失言だらけで、調子に乗ってて、その上不安だらけでみんなに負い目を感じていた。

俺はまだ、本性を現した俺に戸惑っている。この俺と知らない世の中に放り出されて、どう生きたらいいかわからない。

やめるべきだとわかっているのに、Twitterを見てしまう。【だーちゃん】のカウントダウン。そして、俺をぶちのめすのを待っている人たち。

画面を送っていくと、見慣れた名前が飛び込んできた。

【嘘吐きメイクちゃんって、半年前まで佐緒里って名前で芸人やってて、浮気と付き合ってたらしい】

お互い修業の身だからって、おおっぴらに付き合ってたわけじゃなかったけど、同期は俺たちの関係を知っていた。それでもいままで、さすがにこれは隠してきた。なのに、それが世の中に出た。

佐緒里、ごめん。

せっかく有名になったのに。俺は足を引っ張ってる。

佐緒里に電話しようかと思ったが、「ごめん」以上の言葉が思いつかない。

ただただスマホを見つめていたら、タイムラインが動いた。

【嘘メちゃんが動画を更新したよ!】

すぐに佐緒里のYouTubeチャンネルに飛ぶ。

佐緒里の動画はメイク動画だ。いつもすっぴんから始まる。なのにその動画は、完成されたばっちりメイクから始まっていた。

「はい、嘘吐きメイクちゃんです。今日も嘘の吐き方教えます! ——と言いたいところですが、もう、メイクしちゃってます。今日はね、みんなに話したいことがあるんで、よかったら聞いて下さい。もうネットに出ちゃってるけど、スレンダーズの浮気淳弥とわたし、養成所の同期で付き合ってました。少しだけ、一緒に住んだこともある仲です。淳弥のことは、少し前まで全然知らなかった人も、いまはもうよく知ってるよね。卒アルの写真、バイト先、家族も。いままでの最低な発言もたっくさん出てきた。ネットに書いてあること、嘘も色々あるけど、『うわー、よくわかってんな』っていうのもたくさんあった」

佐緒里はそこまで言って笑う。上半身を前後に揺らしながら。佐緒里のくせだ。

「でも、『わかってんな』って事実を集めても、なんか、わたしが知ってる淳弥にはならないんだよね」

佐緒里はそう言って、右手にコットン、左手に大きな瓶を持った。瓶の中身をコットンにつけ、そのコットンで口元を拭く。口紅が佐緒里の唇からコットンに移った。

佐緒里は、つけまつげに手をかけてひっぱる。痛そうに目を細めて右のつけまつげを取ると、新しいコットンにクレンジングを染みこませてアイメイクをぬぐってゆく。

「あー、やだ。わたしね、自分の顔が嫌いです。メイクが上手くなってだいぶ好きになったけど、それでも苦手」

佐緒里が笑う。今度は、上半身は揺れない。これは、佐緒里が緊張したのをごまかす笑いだ。

佐緒里の細い目が現れた。左目はメイクのままだから、本当の目の細さが際立つ。

俺が何度も覗き込んだ目だ。

「わたしね、お姉ちゃんがいるのね。子どもだった頃、近所の人が言うの。『お姉ちゃんは可愛いのにね』って。『お母さんは美人よね。佐緒里ちゃんはお父さん似なのかしらね』って言う人もいた。子どもだからわかんないと思ったのかなー。でも、案外わかっちゃうんだよね。あ、わたしは可愛くないんだって」

佐緒里のメイクがどんどん落ちてゆく。小学校二年のとき、鉄棒でぶつけたという傷も現れる。

「養成所に入ってすぐは、みんな目立たなきゃって必死だから、誰にでもツッコみまくるのね。言葉尻つかまえたり、服装でも体型でもなんでもイジるの。わたしも色々言われた。『目ぇどこにあるんだよ』とか、『顔デカくてタートルネック着られねーだろ』とか。淳弥は……一回もわたしの顔のことを言いませんでした。わたしのこと好きだったからじゃないよ。淳弥はわっかりやすいヤツだから、クラス一の美人追いかけてたし。でもね、それでも言わなかった」

俺の話なのに、自分でもへぇと思ってしまう。

すっぴんに近づく佐緒里の顔から、目が離せない。あのクレンジングの、薬品ぽい花の香りを思い出す。

「口に出さなかったことは、口に出したことと違って残らないでしょ？　だから、淳弥のことが隅々までネットに晒されても出てこない。で、いまここに残すことにしました。『浮気淳弥はわたしの顔のこと、一回もイジらなかった』これはたった一つの事実だけど……わたしにとっては大切な真実です」

真実？　……そうか。事実って集めても真実にはならないんだ。

佐緒里はすっかり化粧をなくした顔を自分でパンと叩く。その仕草は初めて見た。佐緒里が俺と別れてから手にした習慣なんだろう。もう別れて半年だし。

「何回もすっぴん見せてるけど、やっぱり恥ずかしいね。またメイク頑張って、この顔を好きになれるようにします。嘘吐きメイクちゃんでした！」

佐緒里の動画が終わった。

なんだかもやっと、言葉にできない気持ちが湧き上がる。いや、いろんな破片がスノードームの中みたいに舞っていて、それをつかまえたら答えが見えるのに、相手が動くもんだからどうすればいいのかわからないのだ。

目を閉じて考える。佐緒里の話を反芻する。

ネットの事実を集めても、俺にはならない。

そうだ。一〇一のおっさん。だらしない恰好を見て、会った瞬間からどういうヤツかわかったつもりでいた。あんな料理を作るなんて知らなかった。息子さんを亡くしたことも知らなかった。

いまあのおっさんについて説明しろと言われたら、俺はまず『ものすごく丁寧な料理を作る人』だと言って、それから『息子さんを亡くして、それで世の中が嫌いになったらしい』と説明する。その二つが、時々近所の人と喧嘩するとか、俺に対して「うるさい！」って怒鳴ってくることより、おっさんの芯になっていると思うからだ。

でも、人は、相手の芯を知らなくても他人を語る。

おっさんが言っていた。

「みんな、他人の人生なんて、そんなに興味はないんだよ」

おっさんの言葉は当たってると思う。でも、全てじゃない。

他人が自分の芯を見つけてくれることもある。

俺は、佐緒里に自分を教えられた。

佐緒里が知っている俺は、佐緒里の容姿をイジらなかった。

佐緒里が知っている俺は、ひき逃げ犯じゃない。

だから、俺はひき逃げ犯になって一生を終えることはできない。

昌紀の部屋に戻り、こたつに滑り込んで、一息吐いてから言う。

「俺は、ひき逃げ犯にはなれない。あと二日で、真犯人を捕まえる」

言ってからカウントダウンを確認する。ちょうど日付が変わるところだった。残された時間は、あと一日と二十三時間五十九分。

9

太鼓の音が内臓を揺らしている。どんどん、どどん。

子どもの頃から身体に染みついた祭りがある人って、強いなと思う。そのお囃子を聞くだけで、一瞬で気持ちが浮き立つからだ。残念ながら俺にはそれがない。

目の前を、威勢のいい踊り子が通り過ぎる。向こうには巨大なねぶたが見える。

全国の祭りの美味しいところ取りを、東京でやってしまおうってイベントだ。歩道は見物客で溢れている。

人。人。人。

三月十一日——ここ何日も避け続けた『人』にまみれるために、俺はここに来た。

Twitterの世界にいる人と、現実の人ってどのくらい結びつくんだろう。

例えば目の前にいるカップル。きっと二人ともＳＮＳをやっている。俺を知ってる。でも、何かコメントはしたんだろうか。

友だちを見つけて盛大に手を振っている女性。多分四十代。あの人は、俺に【氏ね】とか書いたんだろうか。

子どもを叱っているお父さん。三十代半ば。あの人は時効が来たら俺を追い詰めるべきだって思っているんだろうか。

拍手しているおばあさん。ガラケーを取り出して写真を撮ろうとしている。使い方に慣れていないみたいだ。あの人は俺のことも、俺に起こっていることもきっと知らない。説明してもわからない。「ネットの中の問題なんでしょ？　無視すればいいんじゃないの？」って言うんだろうか。

人。人。人。

この中の何人が敵だ？

ネットの中で一瞬のうちに嚙みついてくるみたいに、現実の世界でも飛びかかってくる人間はいるだろうか。

昌紀が心配そうにこっちを見る。でも、俺は頷く。やるって決めている。これしか方法はない。計画を練るために昨日一日潰したのだ。残された時間は、十二時間と八分。

イベントを取材しに来ているテレビ局のクルーが、目の端に入る。お昼のニュースに合わせた生中継だ。

昌紀がスマホを構えて、動画を撮影しはじめる。

俺は、深く被っていたキャップを脱ぎ棄て、レポーターの後ろにそっと立つ。

「こちらの会場では、全国のお祭りが楽しめるとあって、たくさんの方が訪れています」

ありきたりのレポートを、女性レポーターがそつなくこなしている。でも、俺の周りにいた人たちが少しずつざわめきはじめる。

「ね、あれってさ」「似てる」「本人?」「まさか?」

女性レポーターが異常を感じて動揺している。でも、何が起こっているかわからないのだろう、笑顔を貼り付かせて祭りの参加者にインタビューを続ける。俺は、カメラに映り込む場所にそっと移動し、一枚の紙を胸の前に掲げた。そこには、アドレスが書いてある。

カメラマンが気づいて、俺が映り込まないように位置を変える。でも、俺はしつこく移動する。ディレクターが「すみません」と合図してきた。そのタイミングで、レポーターの前に割り込んだ。

「うわきと書いてうきと読みます。浮気淳弥です!」

レポーターが硬直し、カメラマンが慌ててカメラをねぶたの方に振る。だが、周りの人間から「嘘」「やっぱり?」と興奮の声が聞こえて、たくさんのスマホのカメラがこちらに向いた。

これでいい。

俺はもう一度、アドレスを書いた紙を掲げた。そのアドレスは、いまの状況を生配信している昌紀のカメラ映像にみんなを誘導する。

「浮気淳弥です。いま、日本で五本の指に入るくらいたくさんの人に嫌われて、赦せないって思われてる男です」

なるべく声を張って続ける。

「俺を元々嫌いだった人は、この先の話を聞く必要はないです。でも、みんな俺のことなんか知らなかったはずだ。だって、全然売れてないんだから。俺をいま嫌ってる人は、俺がひき逃げ犯だって思ってるんでしょ？　それはつまり、亡くなった美鈴ちゃんを可哀想だと思ってるってことだよね？　だったら、その『あの子のために何かしたい』って気持ちに、一度返って欲しい」

そこまで言って、ちらっとスマホの画面を確認する。【#浮気淳弥】が伸びている。

【浮気がネット中継してる】

【テレビにちょっと映った】

【捕まえろ！】

これでいい。

昌紀のカメラを真っ直ぐ見つめる。

「約束します。時効の一分前に自首します。柿本さんっていう警察の人と話はついてる。だから聞いてくれ。このまま時効が来たら、真犯人が逃げてしまう！　それは赦せないんだ！　あと十二時間ちょっとしかない！」

警備員が近寄って来る。マズイ。俺は昌紀を先導して、更に人混みの中に入っていく。

何人かのスマホが追ってくる。

「いまから俺と相方が調べたことを話す！　だから知恵を貸してくれ！　犯人を見つけてくれ！　俺の家も、家族も見つけたんだ。あんたたちならできるよ！　な、美鈴ちゃんのためなんだ！」

「浮気！　この最低野郎！」

若い男が摑みかかってくる。何発か殴られるのは覚悟していた。でも、男は想像していたより体格が良くて、胸ぐらを摑まれて振り回される。

「美鈴ちゃんに謝れ！」

昌紀が心配そうにこっちを見ながら、それでもスマホを向け続ける。

警備員は、俺と大男のどちらを止めればいいかわからないらしく、ただうろうろしている。

「みんな知ってる通りだ。俺はいままでばかなことをたくさんした。無責任に話してきた。真剣に俺を心配してくれた人も怒らせた、最低だよ」

大男は、俺が自分の方じゃなく、昌紀のスマホに向かって話すのが気に入らなかったんだろう、俺を地面に放り出した。

さっと人の波が離れる。

見下ろすみんなの顔が戸惑っている。目の前で暴力を振るわれた人間を助けるべきか。でも、こいつはひき逃げ犯だぞ？　ただ、相手は大男。こっちはひ弱だ。見ているだけでいいのか？　手を差し伸べるか？　服の汚れを払ってやるべきか？　でもそんなことしたら、周りにどう思われる？


どっちが正しい？


意地悪な気持ちと、関わりたくないなって気持ちと、俺が気の毒だって気持ちがめまぐるしく動いている。

俺はその真ん中で立ち上がる。

「でも、どうしようもない俺は、俺の人生の一部だ。全部じゃない。だって、俺の人生はまだ続いていくんだ。俺、もうちょっとマシな人間になるから。これからそうなるから！　俺の人生が終わるときに、『それでもお前はダメなヤツだったな』って言われるかもしれないけど、でも、少なくとも努力するから！」

濱中さんが聞いていてくれたらいいなと思う。

それから他の、俺が迷惑をかけた人たちが。

「俺の人生の一部だけで、俺を決めつけないでくれ！　いまの俺のダメさのせいで、真犯人が逃げるのだけはダメだ。それだけは赦せない。それは、いままでの人生で一番強く、俺が言いたいことなんだよ！　六歳の女の子を死なせて、逃げ切るなんて赦せない！な、時効が来たら真犯人が逃げる！　それを止めてくれ！」

警備員が昌紀のスマホを奪った。

終わりか？

ちゃんと伝わったか？

このあと、流れは変わるか？

俺に向いていたたくさんのスマホのカメラが、何かに引っ張られるようにぐーっと向きを変える。その先に警備員がいる。警備員は昌紀のスマホを握っている。

昌紀が、その意味を理解した。

「僕のスマホを返して下さい！」

芝居がかって叫ぶ昌紀の顔をスマホのカメラが映し、そしてまた警備員に向く。

無言の圧力。

警備員は、スマホのカメラから顔を背けるようにして昌紀にスマホを差し出した。昌紀はそれを受け取り、また俺に向ける。

たくさんのカメラもこちらに向く。


流れが変わった。


自分のスマホを見る。

【浮気、早く言え】

【浮気、聞いてるぞ】

【スタンバイＯＫ。調べてやる】

大きく息を吸って、養成所で習った通り、なるべくはっきり口を開ける。

「まず、目撃者。その人、警察には特別列車を撮影したくて現場にいたって話したらしい。でも、事故の前の日にその人を現場で見た人がいる。しかも、キックするみたいな、なんか変な動きをしてたって。そこまでは調べたけど、俺たちには、それがどういうことか、事故に何か関係するのか、わからなかった」

スマホを向けている一人から、声がかかる。

「目撃者の名前は？」

「名前は言えない。でも、十年前の週刊ライトの五月二十日号に名前が載ってる」

いま、誰かがどこかでネット検索しているだろうか。見つけてくれるだろうか。図書館に走ってくれる人がいるだろうか。

頼む。動いてくれ。動け！

「他にも、目撃者と、美鈴ちゃんと最後に一緒にいた男の子の話に矛盾があるんだ。それを動画にしてある。いまからネットに上げるから見てくれ」

それはあの、三浦さんが美鈴ちゃんの頭を左腕で抱いて、右手で電話したって話と、幸太君が美鈴ちゃんの右手を握ってたって話の矛盾だ。昌紀がぬいぐるみを使って説明する動画を、果たして何人が見てくれるだろう？

その中に、俺たちにはわからなかった真実に気がつく人はいるだろうか？

何もかもが賭けだ。でも、残された時間がない中、これしか方法はない。

いざ全て投げてみると、自分たちが持っている情報の少なさに愕然とする。人波を避けて落ち着いた裏道で、【だーちゃん】のカウントダウンを見る。残りは十一時間を切った。今日という日が終わるタイミングで、時効が成立する。

イベント会場を離れて俺たちに付いてきた人たちが十人ほど、固まってスマホ画面を見つめている。

冷やかしのコメントばかり並ぶ画面を見ていた昌紀が、「来た!」と声を上げた。

【目撃者の名前特定】

【勤務先もわかった】

画面に向かって語りかける。

「目撃者は会社を無断で休んでて、連絡が取れないんだ」

【当方、鉄ヲタ。特別列車について調べた。確かに事故当日走ってる。前日は下見では?キックに関してはわからんが】

下見か。それなら、前日も現場にいたのは事故とは関係がないってことになる。正直、いまは三浦さんしか真相に繋がりそうな人はいないのに。

【目撃者の写真発見。この人、昔俳優やってない？　特撮で顔を見た記憶が】

俳優？　だから見覚えがあったのか！

【知ってる！　スタントやってた。当時の芸名は三浦駿太】

【『ウルトラレンジャー』の第十六話で車にはね飛ばされる役】

【二時間ドラマの名作『黒金沼殺人事件』でも車にはねられて死ぬ役】

それを見て俺が考えたことを、同時に誰かがツイートした。

【車にはね飛ばされるのが得意？】

胸のあたりがざわざわする。『ひき逃げ』って言葉と『車』って言葉は近い。もう少し、もう少し何かヒントがあれば、二つが結びつく気がする。

【ちょっとだけアクションの心得がある者です。車にはね飛ばされるアクションでは、自分で足の裏を車に当てて、脚力で大きく跳ぶんです。見方によっては、キックの動きに似ています】

近づいてる気がする。でも、どう近づいているのかわからない。

【特別列車に関して補足。事故が起こったのって、特別列車が通過してから三十分経っているようだ。腑に落ちない。写真撮ったならその場所に用はないはずだし、すぐに移動すれば六つ先の駅で車庫入りする列車を撮影できた。撮り鉄なら見逃すはずない】

ん？　どういうこと？

【つまり、目撃者が事故があった時間にその場にいたのは、不自然てことな。時間がねーんだ。みんな、簡潔に行こうぜ】

たくさんのアイコンが乱れ飛んでいる。みんな性格が違う。それが見えてくる。文字の向こうに、人がいる。

【幸太君のインタビュー映像、見直しました。隣にいるのお母さん？　服はしまむら。でも、着けてる時計は、ブルガリなんだよね。なんか、不自然】

【え？　そう？　わたしやるよ？】

【でも、ブルガリは高い】

【その時計、調べた。日本発売日は事故の次の日。息子の仲良しの友だちが死んだ次の日に、高級な時計を買うかな？】

【当時、ファッションに夢中でした。あの時計は狙ってたけど、入荷が少なくて出遅れたら手に入りませんでした。東京だと、大日百貨店に三本。銀座本店に二本。新宿の高丸百貨店に五本のみ】

【当時、新宿高丸の店員でした。うちで買ったのは百貨店のお得意さんばかりだったから、あのお母さんは買ってない】

【銀座店の一本は、わたしが買いました。証拠に写真、置いておきます】

【幸太君のお母さん本人が買った可能性は低くない?】

【誰かに貰ったってこと?】

【あんな高級品を?　よほどの理由がないとあげないよ?】

【誰?】

【誰?】

【目撃者?】

【でも、俳優さんでしょ?　それもそんなに有名じゃない人。買える?】

【親が金持ちとか?】

【真面目に】

【あり得るでしょ?】

「落ち着いてください。警察の人に聞いたんだけど、目撃者が一人で何かしたって可能性はないそうです」

頭を全力で働かせろ。俺の一言でとんでもないことが起きる。正確に。正確に伝えるんだ。「どうしてかって言うと、その警察の人が駆けつけたときに、事故を起こした車は現場になかったから。つまり、乗って逃げた人がいる」

【それが紺の車ね】

【見つからなかったやつ】

【俺、事故現場近くの解体工場に知り合いいる。調べてみる】

【警察がちゃんと調べたでしょ?】

【一応】

俺が持っている大きな情報はあと一つだ。でも、それを出していいのかわからない。幸太君に迷惑がかかるからだ。

幸太君は、車を運転していたのは高校生じゃないと思っている。

これを投下してもいいものだろうか。

【犯人は高校生だったって話でしょ? いまから、犯人が通ってたんじゃないかって噂のあけぼの高校の卒アル晒す】

うわ、待ってくれ!

——でも、卒アルはアップされた。しかも、【だーちゃん】だ。ただでさえ、時効のカウントダウンでフォロワーが伸びていた。このせいであっという間に【だーちゃん】が注目を浴びる。

ただ幸い、住所は晒されなかった。当時既に、個人情報うんぬんってうるさかったから卒アルに住所録は載ってない。

自分がやっていることの危うさを感じる。一歩間違うと、卒アルの中から俺みたいな人間を生んでしまう。誤解されて、総攻撃される人間を。

ここで言うべきなのか？　幸太君が話したこと。犯人は高校生じゃないって。

でも、だからって誰なんだ？

その情報を貰って、みんなはどこかに進めるのか？　ただ訳がわからなくなるだけなのか？

迷っている間にも時間が過ぎてゆく。太陽が少しずつ低くなる。

そのとき、新しい情報が来た。

【三浦発見。晒していい？】

「待って！　ＤＭで場所を教えて」

都内のホテルだった。早速柿本さんに知らせる。柿本さんは、「令状がないと逮捕はできないし、いまの情報だけじゃ警察として正式に会いに行くわけにはいかないよ」と言う。

「あくまでも個人として、たまたまそのホテルに行って三浦さんに会ったたっていうのが限界だ。話すのを拒否されても文句は言えない」

「わかりました。それでも、お願いします」

柿本さんの中で、遺族や幸太君親子のために騒がずにおくべきか、警察官の使命として犯人を捕まえるべきかが秤に載せられたんだろう。沈黙が続く。

「わかった。行ってみよう」柿本さんはそう言って電話を切った。

また待つ。

何もできない俺を、昌紀のカメラが映し出す。

【俺も三浦発見。会いに行く】

いまにも突撃しそうなツイートが目に飛び込む。

「ダメだ。俺たちに任せて」

【なんでお前が仕切ってんの?】

そう聞かれると何も言えない。ブルガリの時計について突き止めた、力が束にまとまっていくような一体感がなくなり、みんなの想いがばらつきはじめたのが見える。

人。人。人。

みんな立場が違う。考え方が違う。価値観も違う。ばらばらで当たり前なんだ。でも、それじゃ困る。一つになってくれ。

「一生懸命、計画を立てたんだ。だから、任せてください」

【従えってこと? お前らは言われたことだけ調べろって?】

ダメだ。コントロールし切れてない。

どうすればいい？

「淳弥！　幸太君だ！」

昌紀が叫んだ。昌紀の隣で、一人の男性が昌紀に自分のスマホを見せている。

「幸太君が動画をアップした！」

俺に向いていたスマホが、一気に向きを変え、幸太君の動画を探し始める。

成長した幸太君が、あの場所にいる。幸太君がインタビューを受けた場所。「僕、小さかったから、美鈴ちゃんを助けられなかった」と言って、日本中を泣かせた場所。

低くなった声で、幸太君が語る。

「あのときのインタビューの少年です。ほんとは顔出しは嫌だけど、偽者じゃないって証明する方法がわからないから顔出しします。自分で撮ってるから、変な映像だけど我慢してください」

幸太君はここまで言って、大きく息を吸う。

「お母さんの時計が話題になってますね。お母さんのところにもいろんな人から連絡が来ています。だから話します。あの時計は、僕がインタビューを受けたお礼でした。っていうか――」

幸太君は、自分の言葉が正確じゃないと思ったみたいで、頭の中で作文してからもう一度口を開く。

「僕がインタビューを嫌がって、でも、テレビの仕事をしている人は撮りたがって、お母さんが僕を説得したんです。そのお礼でした。どうしてインタビューが嫌だったかっていうと、目撃者の人は、ひき逃げしたのは制服を着た高校生だって言ったけど、僕には女の人に見えたからです」

え？　そうなの？

俺だけじゃない。昌紀も、近くで動画を見た人もみんなざわめく。幸太君はそんな反応と関係なく、冷静に続ける。あの寂しい道に、一人きりで立って。

「僕は女の人だって思ったけど、大人は違うって言うし、どうしていいかわからなくて――自分のことも信用できなくて、苦しかった。ずっと、苦しかった」

幸太君は、着ている制服の胸元を摑んでカメラの方に向ける。

「僕はあの日、美鈴ちゃんと結婚するつもりでした。六歳が考える結婚ですけど。なのにあんなことが目の前で起こって、犯人が着ていたっていう制服は着られません。毎日、着られません。俺が！　俺があけぼの高校に入ったのは、犯人は制服姿の高校生じゃないって、いまでも信じてるからだ！　言いたくても言えなかったことをなんとかしたくて、俺はわざわざこの高校に入ったんだ！」

叫んだ幸太君の目は真っ赤で、動画は突然終わった。

あの日、何があったんだ？　それを知りたい。

何より、幸太君は知る権利がある。

そしてあの子が生きていくためには、その必要がある。

ずっと、事件や事故の遺族が「何があったか知りたい」と言う理由を理解できなかった。でも、いまわかった。生きるためだ。この先、生きていくためだ。

幸太君の叫びは、みんなに同じ気持ちを呼び起こした。【ひどいよね】【親、どうよ？】【でも幸太君は親をかばいたくて動画投稿したんじゃないの？　わたしはそう見た】【全部マスコミが悪いんだよ】【マスゴミ】

Twitterに感情が溢れてゆく。この理不尽な状況を何とかしたい。気持ちは一つだ。でも、みんな行き先を見失った。何を探せばいい？　何を調べればいい？

手がかりは『女の人』。それだけ。

【浮気、これからどうするよ？】

答えられない。

ひなたさんが自分のアカウントで呟く。

【浮気君、頑張って！　わたしは浮気君の高校の同級生です。応援してます】

ありがとう。でも、どうすればいいのか……。

「うわ、二十七万だって」

近くにいた若い女性が、スマホを見ながら言う。

「何が？」

「幸太君のお母さんが貰った時計。いくらインタビューのお礼だからって、こんな高いの渡す？」

「さぁ……」

「あれだけ話題になった映像を撮れれば、元は取れたんじゃないか？」

五十くらいのおじさんが言う。

その言葉に近くの女性たちが一斉に反論する。

「でも、会社が経費にする？」「しないね」「個人的なお礼だよね」「太っ腹ぁ」

そうだ。お礼としては高すぎる。

経費にできないなら自腹だ。なぜそこまでしてあのインタビューが欲しかった？

インタビューを思い出す。幸太君の涙が忘れられない。あれでみんな泣いた。そこにナレーションが入るんだ。目撃者が見た犯人は、制服を着た高校生に見えたって。

あれか！　幸太君が大泣きして、みんな気持ちを持っていかれた。その上で犯人は制服を着た高校生だって聞かされた。だからみんな信じた。

高校生を見たと言ったのは幸太君じゃなかったのに、なんとなく、幸太君がそう言っている気がして、高校生以外を犯人だって考えるのは幸太君を否定する気がして、自分の頭に植え付けたんだ。

あのひき逃げ事故の犯人は、制服を着た高校生だって。

女の人じゃないって。

そう思い込ませるのが、インタビューを撮った人間の目的じゃないか？

――つまり、インタビューを撮った人は、ひき逃げ犯と繋がってる！

「みんな！　あのインタビューを撮った人を捜して！」

【任せろ】

目の前にいる人たちも、すぐにスマホに向かう。

【制作会社特定。でも、もう倒産してる】

【知り合いがその会社で働いてた。あの映像、フリーの人が撮ったらしい。名前は覚えてないって】

犯人に繋がる情報は確実に増えている。でも、時間も過ぎていく。

少しずつ、街が赤く染まり出す。

ダメだ。日が暮れてしまう。

スマホが鳴った。柿本さんだ。

「いま、話したい」

そう言われて、昌紀に合図する。昌紀がスマホを自分に向けて、もう一度ぬいぐるみを使った説明をはじめる。その間に移動して、「お待たせしました」と柿本さんに言う。

「三浦さんと会った。時間がないから簡単に話すよ。三浦さんは、事故の日、頼まれてあの場所にいたらしい。魔のカーブを放置する行政を糾弾するために、映像を撮る企画だったたって言うんだ」

「頼まれたっていうのは？　誰に？」

「テレビ関係の仕事をしている人だ。三浦さんは、ネット民が突き止めた通り、当時スタントをやる俳優で、やらせで事故映像を撮りたいと依頼されたらしい」

「やらせ？」

「テレビの人間が、別の取材ってことでカメラを回して車であの魔のカーブを通る。そこへ特別列車を撮影しに来ていたって設定の三浦さんが飛び出して、事故が起こりそうになるって予定だったたそうだ。三浦さんは、仕事ほしさに引き受けたものの、詳しく聞ていくとあまりにも危険そうだったから、前日、あの場所で、一人でリハーサルをしていたらしい」

「はね飛ばされる練習ですね」

「そうだ」

それが、幸太君が見た『キックマン』だ。

「当日、予定通り三浦さんは魔のカーブで待機していた。そのとき、幸太君が門の辺りをうろうろしているのに気づいたから、中止にしようとしたらしい。でも、結果として止められずに、撮影は始まってしまった。そこに、美鈴ちゃんが飛び出してきた」

「それで、あの事故に……」

「そういうことだ。三浦さんも、車が走り去って驚いたと言っている。慌てて相手に電話をかけたら、タイヤ痕を消してくれと言われたらしい。だから、まず美鈴ちゃんを路肩に動かし、残ったタイヤ痕を自分で踏んで消した」

「その間、美鈴ちゃんは路肩に寝かされていたんですね。だから幸太君が、美鈴ちゃんの右手を握っていた」

「そして、人が集まって来る気配があったから、三浦さんは慌てて美鈴ちゃんのもとに戻って頭を抱きかかえて通報し、事故のあと自分はずっとそうしていたと主張した。君たちが気づいた矛盾は、こうして起こった」

やっぱりだ。あの矛盾に意味はあったんだ。

「じゃあ、そのテレビ関係者がひき逃げの真犯人なんですね。やりましたね！」

終わった。力が抜けて倒れそうになる。

「まだ終わってない」

柿本さんの言葉が遠くから聞こえて、俺は背中を叩かれたみたいに我に返る。

「三浦さんは、その人——女性だったそうだ——の名前を覚えていない。関わりたくなくて名刺も捨てたし、すぐ業界を辞めたから、その女性がどうしているか知らないそうだ。あくまで勘だが、嘘じゃないと思う」

「でも、その人の名前がわからなくたって、三浦さんがそこまで話してくれたんなら、あとは警察で捜査できますよね。時効、止められますよね？」

柿本さんの声が、少し途切れた。

「柿本さん？」

「さっき上に確認した。いまの情報だけで警察が動くのは難しい。三浦さんの証言の裏を取る時間もないし、彼が、ネットで居場所を突き止められて、恐怖を感じて嘘の証言をしたって言い出したら終わりだ」

俺のせいなのか？　俺がこんなことをしたから。

「時効の停止もできない。夜中の零時に時効は成立する」

ここまで来たのに……。

「ただ、君たちの目的の半分は果たせる。いまわかっている情報を公表すれば、これ以上君が犯人だと疑われることはなくなる」

そうか……。俺は自由になるんだ。

でも……。

柿本さんにお礼を言って電話を切り、また昌紀のスマホの前に戻る。

「いまわかったことがあります。全部説明する時間はない。でも、幸太君のインタビューを撮った女性が、ひき逃げ犯らしい。見つけたいんだ！」

さっき名前がわからないと言われたばかりだ。これで答えが出てくるのかは見えない。

でも、待つ。

ただ待つ。

だってやっぱり、俺が自由になってよかった、じゃ終われない。

犯人を見つける。日付が変わる前に。

女性の名前がいくつか挙がる。でも、それが本当にインタビューを撮った人なのかわからない。【比気　二毛子】なんていうのもある。多分【ヒキ　ニゲコ】なんだろう。ふざけんな。

誰だ？　【だーちゃん】だ。ほんと、なんなんだこいつ？　母ちゃんと姉ちゃんの写真を晒したり、カウントダウンしたり。さっきは卒アル晒したよな？　同級生だな、こいつ。

【ねえ、いまふざけてる人さ、どんな上手いこと言ったってタイミング外してるって。あとにしよ】

【だーちゃん】に直接呼びかけたのは、圧倒的なフォロワーを誇るアカウントだった。【嘘吐きメイクちゃん】――佐緒里だ。

何年か前、セクハラを受ける同期を助けに入ったときみたいに、颯爽と現れた。

【だーちゃん】が食ってかかる。

【浮気の元カノ面、ムカツク】

え？

【なに？　あなた浮気の今カノ？】

違う、違う、違う。

【上からだね。ちょっと有名になったからって。こっちには情報がある】

ほんとに？　教えて！

【だーちゃん】に呼びかけようとした瞬間、佐緒里が呟く。

【いや、別にいらないし。お引き取りください】

おい、どうした？　佐緒里らしくない。

慌てている俺の横で、昌紀がにやりと笑った。なんだ？　昌紀が声を出さずに、口だけで伝えてくる。「サオリ、カシコイ」

どういうこと？

そう思った瞬間、【だーちゃん】が大量の写真を投下しはじめた。ちょっと画像が粗い。昔の携帯で撮ったんだろう。そう、これは十年前の西東京の風景だ。

取材に来ているクルー。美鈴ちゃんのお葬式をしている寺の正面。事故現場に供えられたたくさんの花。

野次馬根性で撮られたたくさんの写真が、世の中に出ていく。

【だーちゃん】は佐緒里の煽りに引っかかったのだ。

俺は必死に写真を見る。何かこの中にヒントはないのか？

佐緒里がもう一押しした。【この程度じゃ役に立たないじゃん】

【だーちゃん】が、一枚の写真を上げた。一人の少女が事故現場で花を供え、手を合わせている。目を潤ませてはいるけど、それがわかるように写しているのがあざとい。口元はハートマークで隠れている。でも、制服にも、その顔にも見覚えがあった。

ひなたさん？

【だーちゃん】はひなたさん？

そうだ。高校時代ほとんどつき合いはなかったのに、彼女は俺の家に来た。卒アルにも住所は載ってなかったのに。

しかもあれは、【だーちゃん】が俺と昌紀を西東京で見つけて、写真を投稿してすぐだった。

ひなたさんなら、母ちゃんと姉ちゃんの写真も撮れただろう。

ひなたさんが、【だーちゃん】……。

なんで？　十年前、あんなに輝いていた人が、どうしてこうなった？

事故現場の写真を見る。手を合わせている少女は、幼稚園児の死を悼んでいるわけじゃない。そこに大きな感情はない。彼女はただ、自分に酔っている。

そうか、この人は注目の的になりたいんだ。一般人が料理写真上げて、俺に向かって【頑張って】って可愛く言ってみても、注目は浴びられない。フォロワーは少ないままだ。

だから、【だーちゃん】になったんだ。俺のことが嫌いでもなんでもなくても、自分が注目されるために攻撃したんだ。

さすがにショックだ。

でも、昌紀はひなたさんなんか眼中になく、写真の端を指した。

「この、端っこに写ってるの、幸太君じゃないか？　あの、インタビューを撮ってるところ！」

言われたところを見る。小さな靴を履いた足が写っている。青いスニーカー。拡大するとぼんやりするが、『電撃戦士キックマン』が描かれているんだと思う。

インタビュー映像の幸太君は、この靴を履いていた。

その足の正面あたりに、パンツスタイルの女性の足が小さく写っている。そして女性の足元には彼女の物らしいバッグ。

「この人だ。この人の情報が欲しい！」

ネットの波が動き出す。

【バッグはフルラだね。この時点で数年前のやつ】

【待って。拡大したら中の書類が見えそう】

【画像処理します。分析はお願い】

【企画書だね。番組名っぽい字が見える】

【『科学』と『家庭の』だけ読めた！】

【この後数年の番組から調べた。この二つの言葉が入った番組は、『科学で家庭のお悩み解決バラエティ』のみ】

【この番組の関係者か？】

【誰だ？】

【誰だ？】

俺と昌紀もその番組をネットで検索した。でも、その前からなんとなく気づいてたんだ。

【リーサ】がひき逃げ事故のことをツイートして盛り上がった日。あの日、俺たちは劇場にいた。そして、あるプロデューサーに紹介された。その人は俺たちのプロフィールを見ていた。あのとき、彼女は俺の出身地を知った。免許を持っていることも知った。プロフィールにそう書いてあったし、俺は自分で「十年間ペーパードライバーです」って言って、自分が十年前に免許を取ったことを知らせた。

そして彼女は、元は制作会社で雑用ばかりしていたと言っていた。フリーだったからだ。

担当したのは、科学で家庭の悩みを解決する番組。

その番組のウィキペディアを見る。何人か並んだプロデューサーの中に、隅田雅美という名前があった。

「あとでもう一回生配信をする。しばらく、追いかけないで」

昌紀のスマホに向かってそう言ってから、もうすぐ五時間になる。

ここまでの移動は大変だった。追いかけてくる人もいたから、タクシーと地下鉄を使ってなんとかまいた。何より走った。

目の前に、テレビ局の正面玄関がある。隅田さんは、この中にいる。

隅田さんの居場所がわかったのは、ネットの騒ぎを知ったみずきさんから怒りの電話がかかってきたときに、みずきさんの背後で三野と狩野が、「それでは収録に行って参ります」と挨拶する声が聞こえたからだ。

今日は三野・狩野が隅田さんから貰った仕事の収録の日だと気がついて、ここまで来たのだ。

でも、テレビ局っていうのは、入るのに厳重なチェックを受ける。俺たちは入構証を持っていない。警備員がいる受付を突破する方法が見つからない。

正面玄関が見える場所に身を隠して中に入るチャンスをうかがう間に、隅田さんの経歴をネットで調べた。五年前まで、若手俳優が海外で職人に弟子入りするって番組のディレクターをやっていたようだ。間違いなく海外に行っている。つまり、時効ギリギリで自白させられれば、起訴する時間は充分あるってことだ。

問題は、どうすれば零時までに自白させられるかってこと。

「力ずくで行くしかないな」

昌紀らしくない提案だ。昌紀の親は怒るだろうな。芸人になりたいって言い出した上に、相方とこの騒ぎだ。

昌紀が近くのコンビニで果物ナイフを買って来た。でも、こんな物で何とかなるものか？　俺には武芸のたしなみなんてない。体格だって威張れたものじゃない。そんな男が警備員とか、たくさんの社員をかいくぐって、隅田さんにたどり着けるだろうか。

「俺がやろうか？」

昌紀が言う。昌紀の方が背が高いからだろう。でも、さすがにそれは頼めない。

「俺がやる。三野・狩野がまだ出てきてない。あいつらを人質にしよう」

収録が押しているらしく、三野・狩野は出てきていなかった。二人は電車で移動するから、地下の駐車場から帰ったなんてこともないだろう。目の前の出口から出てくるはずだ。いや、出てきてくれ、頼む。

カウントダウンを見る。あと、五十七分。

マズイ。

その瞬間、三野と狩野の姿が見えた。警備員さんに挨拶しながら、入構証を返している。三野に向かって静かに、でもすばやく近づく。

退出時間を申告している三野の背後から近づき、首に腕を回してナイフを突きつける。

「みんな、動くな！」

声がかすれた。

警備員が動揺している。よかった。普通のおじさんぽい。ATMの現金回収なんかで見かけるごつい人だったら一撃でやられてた。

「会いたい人がいる。ここに呼んでくれ！」

昌紀が撮影している。狩野はただ口を開けてこっちを見ていた。

「動くな！」

こんな状況、映画やドラマでしか見たことがない。他人の首元を押さえるって、想像以上に体力がいる。

「どうした？　どっきりか？」

三野が小声で聞いてくる。

「違う。この中に、ひき逃げ犯がいる。隅田さんだ」

「嘘……」

「嘘だと思ってたら、こんなことしてない」

警備員がこっちに距離を詰めてくる。その瞬間、三野が大声でわめきはじめた。

「うわ、手ぇ出さんとって！　俺、いままでこいつに結構ひどいことしててんねん。絶対に殺される！　その映像が流れてまう！　こいつの要求聞いてくれ！」

狩野は、俺や昌紀が何をしようとしているかはさっぱり理解できないようだが、さすがに相方の意図は察した。

「本当です！　浮気は何をしでかすかわかりません！」

警備員がひるむ。

「早く逃げて！」

狩野が、近くにいた職員を出口に誘導する。俺は、逃げようとしている小柄な警備員に言った。

「隅田雅美さんを呼んで下さい。彼女が来たら、あなたも逃げていい」

警備員は、震える手で内線の受話器を取った。何か話しているが、表情は険しい。

「隅田は来ません」

そうだろうな。時効まであと少し。このまま膠着状態でも、警察が来て俺が捕まっても、隅田さんは逃げ切る。

「二〇七スタジオやった。今日の収録」

三野が囁く。俺は覚悟を決めた。三野にナイフを突きつけたまま、ずるずるとゲートを越える。三野は、「イタイ、イタイ!」と大げさに言いながら付いてくる。

昌紀にならって、狩野もスマホのカメラを向ける。

年上の警備員が電話で応援を呼んでいる。

「来るな! 来たらこいつを刺す!」

俺はもう一度大声でどなった。狩野がすぐに、警備員にスマホのカメラを向ける。

「俺の相方を殺さないでください!」

応援を呼ぼうとしていた警備員は、自分のせいで三野が刺されたと後々追及されるのが怖くて、受話器を置く。

俺はその隙にじりじり後退しながら進み、警備員の視界を外れるなり、走り出した。

三野も昌紀も付いてくる。

ちょうどスタジオを出ようとする隅田さんを見つけ、スタジオに押し戻して中から鍵をかけた。

「本当のことが聞きたいんです。俺だけじゃない。たくさんの人が、このスマホの向こうであなたの答えを待ってる」

昌紀がスマホを俺と隅田さんに向ける。

「あなたが美鈴ちゃんを轢いたんですか？」

隅田さんは持っていたファイルで顔を隠そうとする。昌紀が回り込んで撮影する。

「事故が起きたのは、あなたがやらせ映像を撮ろうとしたからですか？」

隅田さんは「何の話？」と抑揚のない声で言った。

演技としては失敗だろう。本当に事故に関係していなければ、むしろこの事態にもっと動揺したはずだ。でも彼女は落ち着いている。十年間、嘘を吐き通してきたからだ。

この状況で逃げ切るつもりか？　ものすごい神経だ。

脇腹を汗の玉が落ちていくのがわかる。

ダメだ。このままじゃ負ける。

「答えろよ！　逃げ切って、それで平気なのか？」

俺の大声が、虚しくスタジオに吸い込まれていく。

ここまでしたのに。もうすぐ時効だ。スタジオの時計を見る。零時に近づいている。

焦る俺に、三野が何か合図を送ってくる。自分のスマホを見せようとしている。俺は三野に、

「見せろ！」

と乱暴に言った。三野がスマホを俺の方に向ける。スマホの中に俺と隅田さんがいた。生配信の動画だ。そこにコメントがついている。

なるほど、そういうことか。

「読め！」

三野が読み始めた。

【違法だけど、その人のカード履歴を調べたら、あのフルラのバッグ買ったのわかるんじゃん？】

【ブルガリの時計もね。制作会社で働くフリーの人が、二十七万現金払いはないでしょ】

【親戚中つつけば、使った車のこと、誰か知ってるかもね】

【親戚の名前、もうわかってるよ】

【おっと、親戚に解体屋さんがいらっしゃいますねー。店の名前、晒していい？】

【だんなさんの職場発見。うわー、部長さんだって】

隅田さんの呼吸が少しだけ荒くなった。表情は変わらなくても、ピアスが揺れている。

「俺がやられたこと知ってる？　すごいよ。いまも過去も、何から何まで掘り返されるよ。街ですれ違う人も、近くにいる人も、誰も信じられなくなるよ。心がボロボロになって、目に入る人がみんな敵に見える。家族も追い詰められる。どうしようもない黒い気持ちだけが自分の中に溜まって、ますます馬鹿やって、みんなに袋叩きにされる。時間が経って、世の中が一旦忘れてくれても、安心できない。またいつあんなことが起きるだろうって、ずっと怯えることになる。きっかけはなんだってあり得るんだから。誰かが思い出話をしていて、そういえばそんな事故あったね、あれってどういう事故で、結局犯人どうなったんだっけ？　ってスマホを取り上げるだけだ。三秒後にあなたの名前が出てくる。もう一度別のひき逃げ事故が起きる。そして、誰かが『そういえばこんな事故もあったよね』って思い出す。誰かが美鈴ちゃんって名前の女性に会う。『美鈴って子、なんか事故に遭わなかったっけ』って思い出す。テレビで西東京って地名を聞く。誰かが『西東京ってひき逃げなかったっけ？』って思い出す。きっかけは無限にあり得るんだ。あなたは逃げられない！　いいの？　闘い続けられる？　時効までの十年とは比べものにならないよ？　もっと長い」

張り上げているせいで、声がかすれていく。

三野を押さえている腕だって震えてきた。

でももうすぐ終わる。結論がどうでも。

「自分の人生をみんなに語られて、みんなに否定されて、全て監視されて、それでいいんですか？」

隅田さんは黙っている。

「あなたが決めて下さい」

そこまで言って黙る。

隅田さんの口元から目が離せない。

出てくる答えは何だ？

「わたしが、美鈴ちゃんを轢いて逃げました」


スタジオは静かだった。スマホの向こう側で誰かが叫んだのか、拍手したのか、息をのんだのかはわからない。

でも、俺は頭の隅で、「乗り換えはどうだっけ？」と考えていた。母ちゃんと姉ちゃんにもう家に戻ってもいいよって伝えて、一緒にメシを食いたい。昌紀にも来てもらおう。そうだ。また干物を出さないように、昌紀は魚が苦手だって伝えなきゃ。

そして次の日には、幸太君に会おう。彼には全部話したい。

それから、今度こそ美鈴ちゃんが亡くなったあの道端に行って、花をお供えして、手を合わせよう。

警察官が駆け込んできて、どうすればいいんだっけ？　――と迷っているうちに、三野が俺の手の中のナイフをもぎ取った。

「俺は平気です！　自分の意思で付いてきました！　芝居です！」

でかい声で騒ぐ。

背が高い警察官に「事情を聞かせてもらえますか？」と言われたので、素直に頷いた。

昌紀を見ると、珍しく背筋を伸ばしてにっと笑う。こいつ、ムカつくけど顔がいい。

イケメンと猿っぽい男ってコンビじゃダメかな？　ボケとツッコミ取り替えて。

そんなことを思いついたら、なんか笑えた。

ことのおわり

「一生ネタに困らない経験したな」

濱中さんにはそう言われた。

「ほんとにいいのね？」

みずきさんには何度も聞かれている。この経験を語ってくれってテレビ局からは幾つも話が来たらしい。でも断っている。

昌紀も有名になって、昔の動画が出た。俺は昌紀と二人で昌紀のふるさとに行き、昌紀が門に落書きをしたお寺の周りを三日がかりで掃除した。昌紀は「言い訳してるみたいにしたくない」と言って、その様子を撮影もしなかったし、掃除をした事実を誰かに話したりもしなかった。でも、俺たちはちょっとだけ有名になっていたから、地元の人たちは昌紀が反省していると知っている。

幸太君にも会った。昌紀は「あり得ない」と言ったけど、前より背が伸びた気がした。

少なくとも笑顔で元気そうだった。

美鈴ちゃんにも手を合わせた。そのときちらっと姿を見かけた女性が美鈴ちゃんのお母さんなのかなと思ったけど、声はかけなかった。だって、俺はちょっとの時間美鈴ちゃんのために何かしたいと思った程度の人間で、向こうは一生懸けて愛している人だ。

そして、隅田さんは起訴された。思った通り海外への渡航歴があったから。あとには、俺がひき逃げ犯だっていう、無数のツイートだけが残った。

三野・狩野は、劇場であの日の騒動を面白おかしく語って、大人気らしい。やられた。本当に油断ならない。


スレンダーズはあれだけのことをしてしまったから、さすがにしばらく活動を自粛した。そして今日、久しぶりに舞台に立つ。だから俺たちは非常階段にいる。

稽古は順調じゃない。昌紀がまた間にこだわって、一人でぶつぶつ言い始めた。

俺は缶コーヒーでも飲んでゆっくり待つことにする。本当は緊張でいっぱいだ。だって俺は今日、はじめてボケとして舞台に立つから。

これが説明になるかわからないけど、俺は、自分が思っていたような人間じゃないんじゃないかと考え始めて、でも、それが結構嫌じゃなくて、だから、自分はツッコミだって思い込みを捨てることにしたんだ。

見下ろすと弁当屋のおばちゃんが手を振っていた。

店からは、相変わらずの油と、カレーの匂いがする。今日の弁当はカレー味の唐揚げかな？　いいね。

舞台が終わったら、いい気分で腹いっぱい弁当を食いたい。

本書は、2020年8月、
株式会社U-NEXTより電子書籍として刊行されました。

この作品はフィクションであり、
実在する人物・団体等とは一切関係ありません。

装画　寺本　愛
装幀　鈴木久美

藤井清美（ふじい・きよみ）

1971年生まれ。徳島県で育つ。筑波大学在学中に舞台から仕事をはじめ、映像の脚本でも活躍。近年挑戦している小説では、大学で歴史学を学んだ経験を活かし、綿密な調査と取材を強みとする。舞台では小劇場から大劇場まで多くの作品を発表。『ブラックorホワイト？　あなたの上司、訴えます!』（作・演出）など。ドラマ・映画のシナリオでは恋愛ものからサスペンス、スケールの大きなアクション作まで手掛ける。「相棒」「恋愛時代」「ウツボカズラの夢」「執事 西園寺の名推理2」（以上ドラマ）、「引き出しの中のラブレター」「インシテミル 7日間のデス・ゲーム」「るろうに剣心」シリーズ、「見えない目撃者」（以上映画）。小説では『明治ガールズ　富岡製糸場で青春を』「偽声」『京大はんと甘いもん』。

#ある朝《あさ》殺人犯《さつじんはん》になっていた

2020年11月6日　第1刷発行

著　者　藤井《ふじい》清美《きよみ》

発行者　堤　天心

発行所　株式会社U-NEXT

〒141-0021

東京都品川区上大崎3-1-1

目黒セントラルスクエア

電　話　03-6741-4422（編集部）

048-487-9878（受注専用）

営業窓口　サンクチュアリ出版

〒113-0023

東京都文京区向丘2-14-9

電　話　03-5834-2507

ＦＡＸ　03-5834-2508（受注専用）

印刷所　豊国印刷株式会社

製本所　大口製本印刷株式会社

ISBN 978-4-910207-02-5 C0093